EW
エブリスタ
WOMAN

フェアリーテイルは突然に

咲香田衣織著

三交社

フェアリーテイルは突然に

目次

プロローグ

六月の第一金曜日、午後一時半、窓口業務に就いていた、立脇倫子《たてわきりんこ》は恋人の大川悟《おおかわさとる》が店内に入ってくるのを視界の端に捉えた。倫子は地元、山口《やまぐち》県の信用金庫に勤めていて、悟は母親と一緒に小さなスーパーマーケットを営んでいる。

倫子が視線を一瞬向けると、悟は笑顔を浮かべて片手を上げた。しかし接客中の倫子は、席を立つことはもちろん、挨拶も返せなかった。

悟はすぐに神妙な面持ちになり、北谷《きただに》渉外係長と応接室に姿を消した。倫子は応接室の中で、どんなやり取りが行われているのか気にしながらも、機械的に客をさばき、気がつくと、まもなく窓口業務が終了する三時を迎えようとしていた。しかし、悟たちは依然、応接室に入ったままだった。倫子の胸に不安がよぎる。

窓口が閉まるのと同時に、隣の席から同期の柴崎良子《しばさきよしこ》が「大川さん、長いね。今日は何の用件か知ってるの？」とたずねる。

倫子は「新しく個人向けの配達サービスを始めるから、そのための融資のお願いだと思う」と答えた。

「なんか順調みたいだね。お店」

倫子がはにかみながらうなずくと、良子はまるでチェシャ猫のような表情を浮かべた。

「まあ、でなきゃ、プロポーズなんてしないか！」

客が消えて静かになった店内に、良子の声が響きわたる。

「えっ、立脇さん、プロポーズされたの？」

「嘘！　本当に⁉」

「いつよ？　誰に？」

「そんなの大川さんに決まってるじゃない」

「あ、そうか！　おめでとう‼」

周囲の同僚たちの盛り上がりに、倫子は良子を睨《にら》んで、「柴崎さん、声が大きいよ」と文句を口にした。

良子はニヤニヤしながら、「いいじゃん。いずれバレるんだし」と、まったく取り合わない。

既婚の先輩から「指輪はもうもらったの？」と聞かれて、倫子は照れ臭そうに笑いながら、「明日二人で下見に行く予定なんです」と返事をした。再び周りから「わー、いいなぁ」と羨望の声が上がる。

ちょうどそのとき、悟が応接室から出てきた。北谷渉外係長と笑顔で握手を交わしているところを見ると、どうやら話は上手くまとまったようだ。今回の融資に関し、自分の事のように心配していた倫子は、ホッと胸を撫《な》で下ろした。

悟はそのまま専用出口から帰るかと思いきや、倫子のそばに寄ってきた。

「今日、何時に終わりそう？」

「えっ、あっ、いつもどおり、六時には……」

周囲の目を気にしながら倫子が答えると、悟は笑顔で「わかった。終わったら電話して」と言った。

高校、大学とラグビーに熱中し、現在も民間のチームに所属している悟は、柔和な顔つきと、厚い胸板と肩幅の広い身体つきが相まって、倫子の同僚たちからは陰で〝マッチョなテディベア〟と呼ばれている。

悟は周りの職員にも笑顔で「お疲れ様です」と、声をかけた。良子が「このたびはご婚約おめでとうございます」と返すと、ほかの同僚たちも口を揃《そろ》えて、祝いの言葉を贈った。

「えっ⁉　もうみなさんご存知なんですか？」

驚きつつも、まんざらでもなさそうな悟に、倫子が「ごめんなさい」と詫びると、悟は目配せした。そして、満面の笑みを浮かべて「みなさん、ありがとうございます。これからもよろしくお願いします」とお辞儀をして帰っていった。

「いいねぇ、ラブラブじゃん」

良子の冷やかしに、倫子は「そんなことないよ」と笑顔を返した。だが、実際はこれまでにないほど浮かれていた。婚約指輪を選び、式場やドレスを決めるなど、これからの予定を思うと、楽しくて仕方なかった。

白いドレスには幼い頃から憧れていた。倫子にとって、結婚こそが自分の手にできる最大の幸せだと信じて疑わなかった。

その結婚相手に悟はうってつけだった。真面目で、健康で、仕事熱心で、結婚すれば、きっと誠実でよき夫、よき父親になるだろう。情熱的な恋には不向きでも、平穏に暮らすには最良のパートナーになるに違いなかった。

結婚したら倫子も、信用金庫を辞めて、スーパーを手伝うつもりでいた。

すべてが順調だった。

だから、良子の「今度、UPマートが近くにできるじゃない。大川さん、こんなタイミングで事業を拡大して大丈夫なの？」という声も、倫子の心には届かなかった。

大きなセメント会社の工場跡地に、広い駐車場を備えた大型スーパーができることはすでに社内でも知れわたっていた。

そして七月末、ＵＰマートが華々しくオープンした。

八月はまだ、倫子の身の回りに変化はなかった。悟は忙しい合間を縫って、式場巡りやドレス選びにも付き合ってくれた。

九月に入ると、徐々に会える時間が減っていった。三月が挙式予定のため、打ち合わせたいことも多かったが、悟に「今、店が忙しくて」と言われると、倫子は我慢するしかなかった。

十月に入っても状況は変わらず、倫子は次第に苛立《いらだ》ちと不安を募らせるようになっていった。

そして十一月、二人は初めて喧嘩《けんか》をした。結婚準備が一向に進まないことに不満をもらした倫子に、悟が珍しく声を荒げて最悪の空気になった。でも、すぐに悟が謝ってきたので、倫子も反省して、その場はどうにか収まった。

しかし、プロポーズから半年後の十二月、大川ストアが突然倒産し、悟と倫子の婚約は解消された。

Ⅰ．復讐《ふくしゅう》への招待状

くすんだ青に薄い雲のかかる、はっきりしない空模様だった。

二月の第三金曜日、午後一時四十五分。立脇倫子は複雑な思いで、福岡《ふくおか》市博多《はかた》区にあるUPマートグループの親会社、上石《かみいし》食品株式会社の本社ビル前に立っていた。

信用金庫に勤めていた頃は、アッシュブラウンに染め、ふんわりウェーブをかけていたヘアスタイルだったが、今は黒髪のストレートにしている。背中まである髪を後ろで一つに束ね、メイクはごく薄く、買ったばかりの黒縁眼鏡を掛けていた。元同僚がここにいても、きっと倫子だと気づかないだろう。

倫子は敵陣に乗り込む気分で、自動ドアを抜けて受付に向かった。彼女は今日、上石食品の社長である上石久雄《ひさお》の自宅家政婦の面接を受けることになっていた。

受付で名前を告げる。面接を担当する専務の上石高史《たかふみ》は外出中で、しばらくロビーで待つように言われた。約束の二時までには戻るという。

高史は久雄の長男である。家政婦の面接を、家の主《あるじ》でも妻でもなく、長男が行うことに違和感を覚えつつ、倫子はロビーの椅子に腰掛けた。玄関フロアから続く通路は広く、このフロアだけで自分が住んでいるアパートがまるまる収まりそうだった。

倫子はこぢんまりとした大川ストアを思い出し、こんな会社が経営する店に敵《かな》うわけがないと、心の中でため息をもらした。しかし、今は感傷にふけっている場合ではない。スマホで時刻を確認すると、一時五十分を過ぎていた。いよいよ高史との対面だ。

ここ数日、繰り返し資料を読んで、上石家の関係者のデータは高史を含めてしっかりと頭に叩き込んだ。とはいえ、去年十二月末の美術館での〝次男〟との対面ではかなり動揺してしまったから、本人を前に落ち着いていられるかはわからなかった。

午後一時五十五分。エントランスの自動ドアが開いた。入ってきたのは目当ての人物ではなく、見るからに高級そうな毛皮のコートを羽織った、赤いドレス姿の女性だった。

倫子はすかさず記憶の引き出しを開けた。彼女は上石久雄の後妻である亮子《りょうこ》に間違いなかった。

今年三十二歳になる亮子は、豊かにカールしたロングヘアを揺らし、脇目もふらず受付に向かった。受付嬢がすぐに立ち上がり、社長夫人にうやうやしくお辞儀をした。

すると亮子は、「主人に取り次いで」と前置きもなく言った。

「社長は本日、商工会議所での商談会に出席されておりまして、帰社予定時刻は午後五時でございます」

社長夫人の態度には慣れているのだろう。受付嬢は表情を崩さず、丁寧に答えた。

すると、真っ赤なルージュで縁取られた形のいい唇から、「はぁ？」と不釣り合いな言葉が飛び出す。

「嘘でしょ？　私、昨日たしかに言っておいたのよ！　明日は付き合ってほしいところがあるから、会社にいてねって」

受付嬢は頭を下げながら、「申し訳ございません」と詫びた。

「もういいわ！　あなたに謝られたって、なんの役にも立たない」

そう言い放って亮子が勢いよく踵《きびす》を返したときだった。亮子の前を運悪く清掃員の女性が横切った。亮子が振り返りざまにぶつかったせいで、小柄な清掃員は弾き飛ばされ、バケツやモップと一緒に床に倒れ込んだ。

その場にいた誰もが息をのみ、倫子は反射的に立ち上がっていた。

「ちょっと！　危ないじゃない‼」

自分でぶつかっておきながら、亮子は当然のように相手を怒鳴りつけた。

「すみません」

六十は過ぎているであろう、その清掃員は慌てて詫びた。

「あんた、クビ！　明日から来なくていいから」

倫子は呆気《あっけ》にとられたまま、その様子を見ていた。

「じゃ、頼んだわよ」

亮子は受付を振り返ってそう言うと、ロビーを出て行った。倫子は、うずくまったままの清掃員に駆け寄り、「大丈夫ですか」と声をかけた。

「え、ええ……。ありがとうございます……」

清掃員は倫子に手を借りてどうにか立ち上がったものの、痛そうに膝を擦《さす》っている。

そのとき再び自動ドアが開き、今度は二人連れの男性が入ってきた。すかさず受付嬢が「おかえりなさいませ」と、頭を下げる。

その声に倫子が顔を上げると、ちょうど二人が自分の隣を横切るところだった。その横顔に「あっ」と声をもらすと、一人が反応した。倫子を一瞥《いちべつ》したその男が、上石高史に間違いなかった。

高史は一目見ただけでハイブランドの品だとわかるスーツを身にまとい、部下と思《おぼ》しき男と共に、受付前で立ち止まった。

高史は資料の写真どおりイケメンだったが、想像以上に冷たいオーラを放っている。真っすぐ結んだ唇に、奥二重の鋭い目と長く吊った眉が精悍《せいかん》ではあるが、人を寄せつけない印象を与えている。そして、瞳からはまるで感情が感じられなかった。

高史は床に散らばる掃除道具を見て、「何事だ？」と受付嬢にたずねた。受付嬢は「それが、その……」と口ごもってしまい、答えられない。

見かねた倫子が「先ほど社長夫人がいらっしゃって、この方とぶつかったんです」と口を挟むと、その場にいた全員が驚いた顔で倫子を見た。

「君は誰だ？」

高史が無機質な冷たい声でたずねる。

「今日、家政婦の面接を受けに来た立脇倫子です」

「夫人はどこだ？」

「もう出ていかれました」

「夫人に怪我は？」

「ないと思います。とてもお元気そうに見えました」

倫子の答えに、高史の隣にいた男性が小さく噴き出す。それを横目で見て、高史は真顔で、「状況は理解した」と言った。

そして高史は老いた清掃員を支える倫子を見て、「君を採用する。あとはこの男の指示に従ってくれ」と言うなり、踵を返した。

突然の出来事に呆然《ぼうぜん》とする倫子に、高史と一緒だった男が「よかったね。採用だって」と、気さくに話しかけた。

「僕は上石専務の秘書の別所武時《べっしょたけとき》です。よろしく」

「立脇倫子です。よろしくお願いします」

倫子はよく事態をのみ込めないまま、頭を下げた。すでに高史は一人でエレベーターに乗り込もうとしている。

「驚いたでしょ。でも専務はいつもああだから。無駄が嫌いなんだよね。さっきの君の受け答えが端的で正確だったから、採用を決めたんだと思うよ」

「そ、そうですか……」

うなずきながら倫子は、資料に〝無駄を嫌う性格〟という一文があったことを思い出した。

一方、別所についてはデータを持っていなかった。年齢は高史と同じか、少し下だろうか。笑顔の爽やかなイケメンだから、きっと女性社員の人気は高いだろう。マロンカラーのスーツがよく似合っている。

清掃員の女性が、「あの……」と控えめに声を発した。「先ほどぶつかった際に、奥様にクビだと言われたんですが、本当に私、クビなんでしょうか……」

別所は「まさか」と笑顔を浮かべて、「嫌な思いをされたでしょうが、あの人は言ったことをすぐに忘れますから、気にしなくていいですよ」

清掃員の女性は安堵《あんど》したのだろう。「よかった……」と表情を緩めた。そして倫子に「本当にありがとうございました」と頭を下げた。

「いえ、そんな、私は何も……」

倫子は赤面し、謙遜《けんそん》しつつ、正直に動いてよかったと思った。そのおかげで、〝計画どおり〟家政婦として採用されたのだから。


話は約三カ月前にさかのぼる。

十二月に入ってすぐの月曜日、倫子は生まれて初めてインフルエンザにかかった。朝、いきなり高熱が出たので病院へ行くと、すぐに陽性の検査結果が出て、出社を禁止された。すぐに会社に報告し、悟にもメールで伝えた。

薬のおかげで翌日には熱が下がったものの、発症後五日間は出勤停止のため、結局、土日を入れて、まるまる一週間自宅で療養することになった。

その間、悟が見舞いに来ることはなかった。インフルエンザだから仕方ないし、それに十二月といえば、一番のかき入れどきだ。初めは忙しいのだろうと、気にも留めずにいた。しかし、週末になっても、悟からメールの一通もなかった。胸騒ぎはしたものの、立ち上がるとまだ身体がふらつくため、日曜まで静養した。

翌月曜日、出勤すると、周囲の自分への接し方が以前と明らかに違っていた。どこかよそよそしくて、避けられているように感じられた。

直属の上司である営業課長に休んだことを詫びにいくと、「ちょっと支店長室に行ってくれるかな」と彼は苦々しく言った。

訳がわからないまま、倫子はオフィスの一番奥にある支店長室に向かった。ノックをして中に入ると、山岡《やまおか》支店長と北谷渉外係長がいた。そこで倫子は初めて、悟の家が経営する大川ストアが倒産したことを聞かされた。

予想もしていなかった事実を前に、倫子は言葉を失ったまま固まった。

そんな倫子の様子を見て、山岡と北谷の表情に憐憫《れんびん》の色がより濃くなった。

「大川さんに何も聞かされていなかったのかね？」という支店長の問いに、倫子は「はい……」と声を絞り出すのが精いっぱいだった。

すでにみんなの耳には入っているのだろう。倫子は動揺しながらも、出社時に抱いた違和感の正体を理解した。

倫子が大川ストアの倒産を知らなかったことを確認すると、「時間を取らせてすまなかったね。戻っていいよ」と支店長は気遣うように言った。

「……はい。失礼します」

倫子は頭を下げ、放心状態で自分の席に戻った。倫子が何も知らなかったことは、支店長室から出てきた北谷の口から部下に伝わり、その部下からまた、放射状にほかの職員に広がっていった。

同情している者、憐れみの隙間に優越感を滲《にじ》ませる者、本当に知らなかったのかと疑念の目を向ける者……。昨日まで仲良く働いていたはずの職場の仲間が、まるで違う生き物のようだった。

周囲の目が気になって、倫子はミスを繰り返した。窓口が閉まった後、支店長に呼ばれて注意を受けた。倫子は堪《こら》え切れず、その場で泣き出した。泣くつもりはなかったが、勝手に涙が溢れて止まらなくなったのだ。

慌てる支店長と泣き出した倫子を見て、良子が倫子を休憩室に連れていった。

結局、その日、倫子は早退した。外に出るとすぐ悟に電話をかけた。しかし、利用停止になっていて、無機質な自動アナウンスが聞こえるだけだった。

倫子は通話を切り、その足で大川ストアに向かった。店はシャッターが下りていて、そこには〝閉店のお知らせ〟の張り紙があった。倫子はしばらくその紙を見つめた後、店舗横の外階段を上がった。大川ストアは一階が店舗、二階が大川母子《おやこ》の自宅で、倫子はここを、何度となく訪れている。

予想はしていたことだが、インターホンを押しても反応はなかった。二度、三度と押しても、物音一つ聞こえず、中に人のいる気配はなかった。

倫子はうなだれながら階段を下りた。無言でシャッターの前に立っていると、ふいに背後から声をかけられた。

「あなた、ひょっとして、悟ちゃんの……」

振り返ると、シーズー犬を抱いた老婦人が倫子を見つめていた。何度か顔を合わせたことのある大川ストアの常連客だった。

「あ、こんにちは……」

「今回は残念だったわねぇ。まさか大川ストアが閉店するなんて、思いもしなかったわ」

きれいに手入れされた白髪を後ろに撫でつけた老婦人は、同情に満ちた口調で呟《つぶ》いた。

「はい……」

「やっぱり、新しくできたスーパーが原因なんでしょ？　この辺りに住んでいる人もみんな、安いからってあっちに流れていったものね」

「……」

「春美《はるみ》さんは宮崎《みやざき》の娘さん夫婦の所へ行かれたそうね」

春美とは悟の母親の名前だ。何も聞かされていない倫子は、曖昧《あいまい》な返事しかできなかった。

「宮崎なら暖かくて気候もいいでしょうし、春美さんの腰も良くなるといいわね」

「そうですね」

「息子さんは後処理のためにまだ市内にいるそうだけど、お元気なのかしらね？」

「はい……」

「よかったわ。閉店は残念だけど、元気でいればまたやり直せるから」

「……はい」

「じゃあ、春美さんに会ったら、よろしく伝えてね。またこっちへ来ることがあれば、顔を出してって言っておいてくださる？」

「はい。わかりました」

老婦人は「じゃあね」と笑顔を残して、愛犬と一緒に去っていった。

大川ストアが営業していた頃、夕方には買い物客で賑《にぎ》やかだった通りは、今は人影もまばらで、閑散としている。

これまでのこと、そしてこれからのことを考えているうちに日が暮れてしまい、倫子は重い足を引きずりながら自宅アパートに戻った。

冷え切った部屋に入り、倫子は鏡台の前に立って左手を見た。薬指には小さいながらもダイヤの指輪が光っている。もうこれをはめて会社に行くわけにはいかなかった。

普通に生きていたはずなのに、どうしてこんなことになってしまったのだろう……。

悲しいはずなのに涙も出ないまま、倫子はその場に立ち尽くしていた。

悟の失踪から一週間が過ぎた。相変わらず渉外係の職員からの視線は冷たいが、大川ストアの倒産が倫子のせいでないことは、彼らも理解しているはずだ。

同じ窓口係の同僚たちも何も言わない。けれど腫れ物に触るような扱いが、たまらなく苦痛だった。

　だが一番腹立たしいのは、黙って雲隠れした悟だ。近所にＵＰマートが出店してから、店の経営が芳しくないことはうすうす感じていた。とはいえ、倒産するほど状況が逼迫《ひっぱく》していたのなら、婚約者である自分にも相談があってしかるべきだろう。

「でもさぁ、倫子には相談したくてもできなかったんだと思うよ。大川さん、本当に倫子のことが好きだったもん。婚約を破棄されるんじゃないかって心配だったんだよ。男の見栄もあっただろうしね」

　休憩が一緒になった良子が、愚痴る倫子をたしなめるように言う。

「でも、結局、店が潰れて音信不通になるなら同じことじゃない」

「そりゃそうだけど、黙ってたのは大川さんの愛情だと思うけどな。それに、親の代から続く店を潰すのって、かなり堪える話だよ」

「それにしても冷たすぎると思う。式場もドレスも、勝手にキャンセルしてたし……。残された私がどう思うかなんて、なんにも考えてなかったんだよ」

「そうかな……どっちにしろ結婚できないんだから、キャンセルしないといけないわけでしょ。借金を背負って一緒に苦労してくれって言われて、倫子はそれでも大川さんと結婚してた？」

　倫子は答えられなかった。スーパーの若奥様になる覚悟はあったが、借金持ちで無職の男と家庭を持つ覚悟があったかと問われれば、簡単にはうなずけない。

「ほらぁ」

黙り込んだ倫子を、良子はしたり顔で見つめる。

「倫子が困るってわかってたから、大川さんは黙って姿を消したんだよ。いい人じゃん。結婚がダメになったのはショックだろうけど、大川さんを責めるのはやめなよ」

「うん……」

悟の人懐っこい笑顔を思い出しながら、結局何にショックを受けているのか、倫子は自身に問いかけた。

結婚が破談になったことへの失望感だろうか。それとも、恋人を失った喪失感。いや、なんの相談もなかったことで、悟にとって自分がその程度の存在だったと思い知らされたことが大きいのかもしれなかった。

「それにしても、大川さん元気かなー。ちゃんとご飯食べてるのかね」

「えっ……」

良子が何げなくもらした言葉が、倫子の心を深くえぐった。自分が今の今まで、悟のことを一切心配していなかったということに、気づかされたからだ。大川ストアが倒産したと聞かされたときよりも、その衝撃は大きかった。自分がひどく利己的で冷たい女であるという事実に、倫子は席に戻っても、しばらく何も手につかなかった。

その二カ月後、倫子は信用金庫を退職した。

無事面接に通った後、倫子は専務秘書の別所が運転する車に乗せられ、職場となる上石家に連れて行かれた。そこで大河原啓子《おおがわらけいこ》というベテランの家政婦から、仕事について説明を受けた後、運転手の嘉川富三《かがわとみぞう》に上石家の最寄駅まで送ってもらった。

二時間近く電車に揺られて夜遅く、倫子は山口の自宅アパートに戻った。上石の屋敷の玄関程度の広さしかない1DKの部屋で、リクルートスーツから部屋着に着替える。小さな電気ストーブを点けて、まだ暖まっていないコタツに足を入れた。

コタツに入ったまま上半身だけを伸ばして、鏡台の引き出しから角二サイズの茶封筒を取り出す。封筒の中には〝K〟なる謎の人物から送られてきた手紙が入っている。

一通目の手紙が届いたのは忘れもしない、重い足取りで帰宅した十二月十二日の金曜日。郵便受けを見ると、地元の情報誌や企業からのDMに交じって、倫子宛ての差出人不明の封筒があった。

恐る恐る開けてみると、中に入っていたのは白い便箋一枚。そこには『あなたが不幸なのは、あなたのせいではありません。K』と、印字されていた。

二通目が届いたのは、その三日後の十五日の月曜日で、『あなたが不幸なのは上石久雄のせいです。K』と書かれていた。倫子は聞き覚えのないその名前をスマホで検索し、ヒットしたホームページを見て驚いた。上石久雄はＵＰマートの親会社である上石食品の社長だった。

Ｋなる人物が指摘するとおり、バラ色のはずの未来が変わってしまった原因は、悟のスーパーの近くにＵＰマートができたからだ。だからといって、上石久雄が悟の商売の妨害をしたわけではなく、ましてや二人の仲を引き裂くような行動を取ったわけでもない。それだけに余計に得体の知れないＫなる人物からの手紙は気味が悪かった。

警察に届けることも考えたが、具体的な被害が出ているわけでもないのに、まともに取り合ってもらえるとは思えなかった倫子は、何かあったときの証拠のために、とりあえず、手紙を取っておくことにした。

すると また数日して、三通目の封筒が届いた。『彼らはあなたの仲間です。Ｋ』という文書と一緒に、リストが入っていた。そこには四列で十二段、計四十八名の名前が記されていた。悟と悟の母親の春美の名前も載っていた。

そのリストに挙げられている全員が実在するのかどうかもわからなかったが、その日から倫子は、このＫも自分の味方なのではないかと思い始めた。

それから二日連続で封筒が届いた。四通目には、上石久雄の詳細な履歴と上石食品のデータが添付されていて、手紙には『これがあなたの敵です』とあった。

五通目は、久雄の家族と身近な人間に関するデータで、隠し撮りした顔写真付きだった。手紙には一言、『資料です』とだけ書かれていた。

そして宅配便でプリペイド式の携帯電話が送られてきた。送り主は上石食品だった。

もちろん、Kがわざとそうしたに違いなかった。

倫子は自分がとんでもないことに巻き込まれているのかもしれないという危機感を覚えたが、それ以上にKが何をするつもりで、自分に何をさせたいのか、確かめてみたい気持ちを抑えられなかった。

倫子に送られてきた携帯のアドレス帳にKの名前でたった一件登録されていた番号に電話をかけた。

すると、ワンコールで「こんばんは、立脇倫子さん」と応答があった。ボイスチェンジャーを使っているようで、性別すらわからなかった。

ただ、電話でのKは冷静で紳士的だった。Kは上石久雄がいかに極悪非道な人間で、彼に苦しめられた人間がどれほど多いかを淡々と語った。その被害者の中には、倫子の父である島田則倫《しまだのりみち》も含まれるという。

倫子は、父の名前が〝のりみち〟であることは兄から聞かされていたが、どんな字かも、名字も知らなかった。

「島田則倫は、当時親しかった上石久雄に頼まれて、彼の借金の保証人になりました。上石がその金を持って逃げたから、あなたのお父様は借金を肩代わりしなければならなくなったんです。連日繰り返される取り立てにご両親は離婚という道を選び、お母様は子供二人を抱えて働き詰めだった。身体を壊したのは無理がたたったからです」

自分の知らなかった両親の話を聞かされて、倫子は愕然《がくぜん》とした。両親は倫子が物心つく前に離婚していて、倫子は父の顔を知らなかった。母親に父のことをたずねても、「あんな人のことは忘れなさい」と言われるだけだった。

母親は結婚式の写真すら捨て、則倫の痕跡を完全に消していた。だから幼心《おさなごころ》にも倫子は、父はひどい男で、母は父を心底憎んでいるのだろうと思っていた。

しかしKは、悪いのは父でなく、上石久雄だと言う。それは衝撃的でもあり、倫子にとっては大きな救いにもなった。

さらにKは、大川悟についても言及した。

「上石久雄は古い友人である田淵《たぶち》というチンピラを使って、ライバル店への嫌がらせを日常的に続けています。そのせいで大川ストアも、余計に客足が遠のきました。立派な犯罪行為ですが、証拠がないために立件できないのです」

そう言ってKは、男が乱暴な口調で店に難癖をつけ、それを悟が懸命になだめている録音データを電話口で聞かせてくれた。倫子はそれを聞きながら、以前に自分が目撃したチンピラふうの男を思い出していた。

その男は大川ストアの閉まったシャッターを乱暴に叩き、買った刺身が腐っていたせいで腹の具合が悪くなったと、ブリの刺身を手にわめいていた。大川ストアで扱う食品は、新鮮で質のいいことを倫子は知っている。あのときはあり得ないクレームだと思っていたが、悪質な嫌がらせ行為だったとすれば、納得がいく。

本当にKの言うことが真実なら、父も悟も明らかに被害者だ。

「上石久雄の成功は他人の不幸の上に成り立っています。私は彼を許しません。あなたはいかがですか？　彼を許せますか？」

一瞬だけ、Kの声に感情がこもった気がした。

倫子はその問いに答えず、「それで私は何をすればいいんですか？」とたずね返した。

Kの返事は倫子の予想をはるかに超えていた。

「上石家に家政婦として潜入していただきたい」

Kによれば、久雄の二人の息子は父親の悪事を承知していて、さらに父親と極めて仲が悪い。だから、兄か弟のどちらかを誘惑して味方につけ、父親を告発させる。あるいは、父親がどういう悪事を働いているかを告白させて録音してくれというのが、Kの依頼内容だった。

Kは報酬として一千万円を支払うと言った。前金で百万円を渡すとも。その驚くべき申し出を、倫子は初め信じられなかった。

「家政婦として働くのはともかく、私が男性を誘惑するなんてできっこないです」

「大丈夫です。あなたは魅力的です」

「それは、どうも……」

顔も名前も、性別すらわからない相手に褒められても、倫子は素直に喜べなかった。

「それに、報酬一千万円というのは非現実的すぎます」

「そうですか？　あなたのお父様が久雄に騙《だま》し取られた額が一千万ですから、正当な額だと思いますが」

悟と共同名義で作った口座はいつの間にか解約されていて、貯金はほとんどなかった。それに、居づらい今の職場にいつまで働いていられるか、自分でもわからなかった。

お金に目がくらんだわけではないが、倫子は迷いに迷った末、この申し出を受け入れた。Ｋの話を聞いて、父親と悟に対して同情心も芽生えたし、のうのうと暮らしている上石久雄に義憤を覚えたことも大きかった。しかし、一番の理由は今日までの自分と決別して新しいスタートを切りたかったからだ。

上石久雄のもとで家政婦をするということは、この土地を離れて、福岡に移り住むことになる。Ｋの誘いの先にどんな結果が待ち受けているのかわからないが、一度、すべてをリセットしたかった。これ以上、失うものなど何もない。今まで真面目に生きてきた結果が〝現在《いま》〟ならば、今度は少し不真面目に生きてみてもいいのではないかと、倫子は思った。

その結果、たどり着く先を見てみたかった。

Kに電話してから一週間が経った二十六日の午後、沈黙し続けていた携帯にメールが届いた。

『明日二十七日（日）市立美術館　午後四時。K』

鼓動が音を立て、全身に響きわたる。詳細は不明だが、待ち合わせの指示であることは明らかだった。

翌日、倫子はKに会えるかもしれないという期待を胸に、待ち合わせ場所に向かった。けれども、そこで遭遇したのは上石久雄の次男である暁也《あきなり》だった。

暁也は東山魁夷《ひがしやまかいい》の『道』という初期の傑作を静かに見つめていた。その眼差しはどこか寂しげで、写真で見たよりもきれいな顔立ちをしていた。

二十八歳。挿絵画家。美大を出た後、暁也は半年ほどフランスに留学していたが、身体を壊して帰国。以降、実家の離れで生活している。父とも兄とも仲が悪く、使用人以外では、幼なじみの花井美月《はないみつき》としか交流がない。偏食が激しく、ぜん息の持病がある。

倫子は瞬時に暁也のデータを記憶から引き出していた。

美術室に展示してある彫像のように、きれいなEラインを描く男の横顔を盗み見ながら、倫子は生まれて初めて初対面の相手にときめきを覚えた。

携帯電話を見てもＫからの指示は何もなく、これからどうすればいいのかわからなかった。仕方なく倫子は作品を鑑賞するふりをしながら、しばらく暁也を遠くから観察した。

倫子は美術鑑賞が趣味だったこともあり、学芸員を将来の夢に抱いたこともあった。けれど、本格的に学芸員という仕事を調べ、その競争率の高さを知ってあきらめた。自分はいつもそうだ、と倫子は思った。冒険はしない。リスクは負わない。長い間、そうやって生きてきた。

倫子が底知れぬ自己嫌悪と劣等感の沼にはまりそうになったときだった。気がつくと、隣に暁也が立っていて、「この絵がお好きですか?」と話しかけてきた。

それは、濃い緑色の原生林の中を、一本の滝が流れる様を描いた『青響』という絵の前だった。動揺のあまり倫子は動けなくなり、やっとのことで「そ、そうですね」と答えると、暁也は何も言わずに離れていった。

その直後、Ｋからメールが届いた。『出だしは上々ですね』という一文を見て、倫子は思わず辺りを見回した。フロアには何人もの人がいて、どこから見ていたかもわからないＫを特定するのは不可能だった。

その日、Ｋから再びメールが届くことはなかった。

Ｋからは兄弟のいずれかを誘惑して利用するように言われているが、彼らが自分のような女を相手にするとはとても思えなかった。

もっとも、実際の倫子は清楚で整った顔立ちをしていて、スタイルも良く、控えめな性格と相まって、男性の関心を引くのに十分な資質を備えていた。ただ、これまでに付き合った相手は女癖が悪かったり、お金にだらしなかったり、付き合い始めると偏執《へんしつ》的なほど束縛が激しかったりするなどしたため、女としての自信をすっかり失っていた。

そんな中で出会ったのが悟だった。窓口業務に就いていた倫子に悟が一目惚《ぼ》れしたのがきっかけだった。悟の告白に、倫子は「初めはお友達から」と牽制《けんせい》し、人柄を見極めるのに半年かけた。それほど慎重に進めた恋愛だったのに、最悪の結末となってしまい、さらに自信をなくすことになった。

誰にも相談せずに、倫子は一月に信用金庫を退職すると、「心機一転、新しい土地でやり直したい」と、兄夫婦のもとに事後報告に出向いた。

福岡で仕事をするつもりだと話すと、当然のように兄からは「なぜ福岡なのか？」と聞かれた。まさか、顔も名前も知らない人からの依頼でと言うわけにもいかず、「なんとなく」と濁すしかなかった。兄に嘘をついたのは生まれて初めてだった。

家政婦の面接に際して、Ｋの指示は〝とにかく地味に。白は厳禁〟だった。Ｋの言葉に従って倫子は、栗色に染めて軽くパーマをかけていた髪をストレートの黒髪に戻し、コンタクトは眼鏡に、メイクはナチュラルなものに変え、白い服は避けた。Kの意図はわからなかったが、結果として採用されたのだから、的確な指示だったのだろう。

倫子は家に戻ると、Kからもらった資料を取り出し、今日会った人物のおさらいをした。そして過去を断ち切るために、通信会社も番号も変えた新しいスマホに、新しい勤務先となる上石家の番号を登録した。ほかにアドレス帳にある名前は、今のところ兄夫婦だけだった。

ちょうど登録を終えたところで、テーブルに置いたプリペイド式の携帯がメールの着信を告げた。Kからだ。まったく素性のわからない相手と、この小さな機械で繋がっていると思うと不思議だ。

『どうでしたか?』の問いに、『採用されました。来週から働きます』と短く打って返信した。すると、すぐに『予定どおりですね。引っ越しを終えたらまた連絡をください。面接の時と同様に地味に。白は厳禁』と、送られてきた。

「地味にか……」

倫子はそう一人呟くと、携帯の画面を閉じた。

翌週から、倫子の家政婦としての生活が始まった。上石邸の外観は純和風建築で、中庭には見事な日本庭園があり、それを眺めることのできる廊下に面して、大きな座敷が二つ連なっている。その隣には、ヨーロッパモダンな内装の娯楽室、アールヌーボー調の応接室が続く。客室が二つ、家族用の部屋が三つある。加えて使用人用の部屋も三つ用意されていた。

住み込みという条件なので、倫子にも、啓子の隣の六畳の洋室があてがわれた。すでにベッドやタンス、机など、必要な家具は揃っていて、クリーニング済みの掛け布団や枕カバーも用意されていた。

月給は二十万円弱。三食、食事付きで、自炊となる。ほぼ生活費のかからない環境で、よほど無駄使いをしなければ、給料は丸ごと貯金できそうだった。

勤務時間は午前九時から午後七時までだが、途中で二時間の休憩がある。疲れたらキッチンでお茶をする余裕もあり、ひっきりなしに訪れる客を相手に、慌ただしくお昼を取って、働き詰めだった前の職場に比べると雲泥の差だった。

人間関係も良好だった。Kの情報どおり、啓子は朗らかな人柄で、賢明で、指示は的確かつ親切だった。運転手の嘉川富三は口数が少なく、見た目は痩せすぎで、初めはとっつきにくく感じられたが、数日もすると打ち解けてきて、穏やかで朴訥《ぼくとつ》な人間だとわかった。

二週間ほど働くと、倫子はすっかり新しい職場に馴染《なじ》んだ。もともと家事は得意で、性格も真面目な倫子を、啓子と富三は可愛がってくれるようになった。

だからこそ、邪《よこしま》な理由でここにいることに、倫子は心を痛めた。もしも自分が計画を遂行すれば、上石食品に危機が及ぶことは間違いない。そうなったら啓子と富三はどうなってしまうのか心配だった。

いい人といえば、隣人である花井家のお嬢様、美月も同様だった。幼稚園の頃から暁也一筋の美月は日を置かず上石家に遊びにきていて、啓子や富三とも親しい。

倫子は出勤初日に美月に挨拶したとき、そのモデルのような容姿と、人懐っこい性格に驚かされた。金持ちだというのに気取ったところが一切なく、使用人である啓子や倫子、富三を見下すこともない。むしろ、親のすねをかじっていることを恥じている印象すらある。

テキパキと家事をこなす同年代の倫子を見て、美月は来年のバレンタインは手作りのチョコレートケーキを暁也に贈りたいから、今からお菓子作りの指導をしてほしいと頼んだ。倫子は明るく素直な美月に親しみやすさを感じ、そのお願いを二つ返事で引き受けた。

一方、肝心の上石家の面々のうち、久雄と亮子が本宅に帰ってくることはめったになかった。別宅の中央《ちゅうおう》区のマンションで過ごすことが多く、いまだ倫子は久雄に会えていなかった。

兄の高史は毎日帰ってくるものの、夕食は外食で済ませてくるのか、自室に閉じこもりっきりで、朝、気がつくと、いつの間にか出かけているというのが、お決まりのパターンだった。

弟の暁也は中庭の隅にログハウスふうの別棟が与えられていて、普段はそこから顔を出すことがない。一日二度、別棟まで食事を運ぶのが倫子の役目だが、それも外に据え付けられた専用の受け渡し口を使って行われる。勤務初日に挨拶したが、倫子の見た目がかなり変わったせいか、一度、美術館で会ったことには気づいていないようだった。

ほかの使用人たちの噂《うわさ》では、暁也と美月は非公式ながら婚約しているという。美月がお願いして暁也が了承しただけの〝ただの口約束〟という声もあるが、いずれにしても、この状況で暁也を誘惑するのは不可能に思えた。

そうなるとターゲットは高史しかいない。しかし、高史は毎日夜遅くまで仕事漬けで、休日も接待や会議で出かけることが多いという。一度在室中に「お飲み物をお持ちしましょうか？」と声をかけてみたところ、高史は冷徹な視線と口調で「そんなくだらないことで声をかけたのか」と顔をしかめた。取りつく島がなかった。

Kの指示に期限は設定されていなかったが、何年も時間を費やすことは想定していないはずだと思うと、倫子は焦りを感じた。

だが、三月に入っても状況は変わらなかった。Kにメールをしても、『そのままの調子で続けてください』と返ってくるだけで、具体的な指示はない。

ただ、啓子にはすっかり気に入られたようで、彼女が早くに夫を亡くして、一人娘が熊本《くまもと》県に嫁いでいるという話や、いろいろな思い出話を聞かせてもらった。上石家の内情についても、倫子が聞けばたいていのことは答えてくれた。

そんな啓子の口が重くなるのは、久雄の前妻の貴子《たかこ》の話になったときだった。後妻の亮子に遠慮しているわけでもなさそうで、その理由はよくわからなかった。それでも話してくれたところによると、貴子は亮子とは真逆の性格で、優しく控えめな女性だったそうだが、病弱で寝込んでいることが多く、久雄との仲はあまり良くなかったらしい。

啓子の口から聞けたのはこの程度で、口下手な富三からは何も聞き出すことはできなかった。Kが前妻の情報を集められなかったのも、こうしたことが原因かもしれないと、倫子は推察した。

逆に亮子については、啓子の口は軽かった。

亮子は元銀座《ぎんざ》の売れっ子ホステスで、久雄と同じ広島《ひろしま》県出身ということで親しくなった。啓子が二人の結婚を知らされたのは突然のことで、結婚式も二人だけで海外で挙げたそうだ。そして、前妻の影がちらつく本宅を嫌う亮子のために用意したのが、現在、生活拠点にしているマンションだった。

亮子は夫の稼いだ金で高級車を乗り回し、服や宝石に散財し、今は別荘をねだっているらしい。典型的な愛人型の女だが、久雄は亮子にベタ惚れで、たいていのわがままは聞いてしまう。そんな父親を高史がいさめ、最近は亮子のせいで、親子仲はさらに険悪になっている……と、ここまでが啓子から聞けた内容だった。

温厚で口数の少ない富三でさえ、亮子の話題になると眉をひそめ、「あの人はちょっとねぇ……」と不満を口にする。天真爛漫《てんしんらんまん》な美月も、「アキ君と結婚したら、あの人がお姑さんでしょ。そこが悩みどころなんだよね」とボヤくのを聞いた。

たしかに手持ちの資料でも、亮子の性格は「わがまま、短気、浪費家」と記されている。ただし、かなりの美人であることは間違いない。そして、倫子にとって憎むべき対象ではなかった。

そもそも倫子がKの計画に乗った一番の理由は、新しい土地で新しい生活を始めたかったからで、父親の借金と婚約破棄の恨みは二の次だった。今のところ、仕事面でも、給料面でも文句はなく、Kが倫子を利用しようと考えたように、倫子もまたKを利用したというのが現実だった。

だが、本当に久雄が父親と婚約者を陥れたのなら、その張本人の家に奉公するのは受け入れ難いものがある。これから先、久雄の悪行を聞けば、気持ちがどうなるのかはわからない。結局、自分はひどく利己的な人間なのだと、倫子は思った。

思えば子供の頃から要領がよく、親や先生に叱られるようなことはめったになかった。大人になってからも相手の顔色をうかがい、一定の距離を保って付き合うように心がけてきた。

悟が大変な思いをしていることにうすうす気づきながら、無意識に見て見ぬふりをしていたのは自分のほうだった。本当に愛しているのなら、どんな苦境が待ち受けていようとも、心配して声をかけていたはずだ。きっと、悟が黙って姿を消したのは、こんな自分に愛想を尽かしたからだろう。

すべてが身から出たサビ……。

情けなかったけれど、それに気づくことができただけでも、福岡《ここ》へ来た甲斐《かい》があったと、倫子は思った。

Ⅱ．偏食の王子

三月の終わり。

玄関の掃除を終えてダイニングに戻ってきた倫子は、壁に掛けられた二カ月表示のカレンダーにふと目を留めた。昨日まで空白だった四月の第二金曜日に〝来客〟の二文字が記されていた。

「啓子さん、この来客って、どなたが来られるんですか？」

テーブルで銀食器を磨いていた啓子が「ああ」とうなずく。

「高史さんのお客様よ。アメリカ留学中にお世話になった大学教授がお見えになるの。日本の方なんだけど、あちらで経済学を教えていらっしゃって、本社での講演をお願いしているそうよ」

「へぇー」

まるで縁のない世界の話に、倫子は真顔で感心した。

「翌日には大阪でも講演予定だそうで、うちには半日だけの滞在らしいの。和食をご希望みたいで、庶民的な方だから普通の家庭料理でいいって高史さんは言うんだけど、さすがにアジの開きとか、肉じゃがってわけにもいかないだろうから迷ってるのよ。いいアイデアある？」

倫子は「うーん」と考えた後で、「その教授のご出身は？」と聞いた。

「さぁ……」

「もし出身地がわかるなら、そこの名産品をメニューに取り入れたらどうでしょう。海外生活が長いなら、喜んでいただけると思うんですけど」

倫子の提案に、啓子は明るい顔を見せた。

「なるほど、それはいい考えね。ちょっと高史さんに聞いてみるわ」

そう言うなり啓子は、スマホを取り出すと、高史に電話をかけて話し始めた。

「……そうそう、それで日本のどこのご出身なのかしら？　はい？　だから、その県の郷土料理とか出したら、喜ばれるかなって話し合ってるところなのよ」

あの冷徹そうな高史相手にも、普段どおりの調子で話す啓子が可笑しくて、倫子は笑いを堪えながら様子を見守った。

「え、高知県《こうち》？　あら、坂本竜馬《さかもとりょうま》と同じね。それは今、関係ない？　はいはい、ごめんなさいね」

時代劇ファンの啓子らしい台詞《せりふ》に、倫子はついに我慢できず、声を殺して笑った。

「高知の名物って言ったら、やっぱりカツオのたたきかしらねぇ。まあ、それはこっちで調べてみます」

啓子がそう話すのを聞いて、倫子はエプロンのポケットからスマホを取り出すと、〝高知県〟〝名産〟というキーワードでネット検索を始めた。

すると、電話中の啓子が「え、誰の考えって、そんなの、倫子ちゃんのアイデアに決まってるじゃない！」とひときわ大きな声で言った。

倫子がびっくりして顔を上げると、啓子がウインクをよこした。

「そうそう。本当によくできた子なの。頭もいいし、働き者だし。できれば次の更新のとき、お給料を上げてあげてね」

「け、啓子さん！」

倫子が思わず声を上げると、啓子は口の動きだけで「いいの、いいの」と笑って答えた。

電話を終えた啓子に、倫子は隣に座ってスマホの検索結果を見せた。

「高知の名産で検索したら、いろいろ出てきたんですけど……」

啓子は画面をのぞき込み、「あらー、カツオのたたきだけじゃないのね。こけら寿司とか、ぐる煮とか、聞いたことのない料理ばかりね。えっ⁉　アイスクリンって、高知の名産品なの？　知らなかったわ。昔はどこでも食べられたけどねぇ」と、楽しそうに感想を口にした。

「あ、そうだ！　ご近所に、高知出身の奥さんがいらっしゃるのよ。今からちょっと行って、いろいろ教わってくるわ」

　そう言って、啓子は手にしたフォークをその場に放置して、いそいそと立ち上がった。倫子は「じゃあ、私はこれを磨き終えたら、お夕食の準備をしておきます」と、啓子の仕事を引き継いだ。

　啓子は「頼むわね」と笑顔で言った後に、思い出したように、「あ、今夜は高史さんの帰りが早いようだけど、普段どおり、あの人の食事はいらないから」と付け加えた。

　毎晩帰りの遅いせいもあるが、倫子はいまだに高史がこの家で食事を取る姿を見たことがなかった。啓子が出かけた後、残りの食器を磨きながら、倫子は一人首を傾げた。

　啓子の話では、高史が口にするのは市販のレトルト食品ばかりで、他人が調理したものは好まないらしい。長年勤めている啓子の作ったものですら、めったに手をつけないそうだ。ことにナマモノやおにぎり、サンドイッチの類いは絶対に口にしないと聞いている。

「いるんだなぁ……。潔癖症の人って」

　倫子が独り言をこぼす。外食も多そうだけど、プロが作ったものなら平気なんだろうか……。そんな事をあれこれ考えていると、表玄関の呼び鈴が鳴った。玄関に向かうと、高史が秘書と一緒に帰宅した。

「お、おかえりなさいませ」

倫子が慌ててスリッパを差し出すと、高史は無言でそれに履き替え、「大河原さんは?」と聞いた。

「来月お迎えするお客様にお出しする料理の件で、外出されました。ご近所に高知出身の方がいらっしゃるそうです」

「ふん。そこまで気を遣う必要はないと言ったのに」

鼻を鳴らし、高史は自室に向かった。相変わらずの高慢ぶりに、腹を立てるより呆《あき》れ顔を見せた倫子に、武時が笑いかけた。

「あんなこと言ってるけど、車の中では褒めてたよ。なかなか気が利くって。あれ、立脇さんのアイデアなんでしょう?」

倫子は顔を赤らめ、「あ、はい……」と控えめにうなずいた。

「なんだかんだ言って、高史は君のことを評価してると思うよ。大河原さんに給料の話をされて、最初の更新でいきなり給料アップは早すぎないかって、僕に言ってきたけど、あの様子だときっと期待できると思うよ」

高史とは、中学高校と同級で悪友だった、という武時は、秘書からただの友人の顔に戻り、いつもどおりの口の軽さで、車中の会話を話した。

「そんな、私は今のお給料でも十分だと思ってます」

倫子はそう言って否定したが、自分の働きぶりを高史が認めてくれていることは、素直に嬉しかった。

「あの……専務、お身体のほうはいかがなんでしょう？」

「お身体って、どこも悪いところはないと思うけど、誰か何か言ってた？」

「いえ。ただ、啓子さんから、普段口にするのはレトルトばかりだと、うかがいましたので……」

「ああ、栄養をちゃんと取れてるかってこと？」

「はい」

武時は笑顔のまま、「その辺は全然ダメじゃないかなぁ」と言い切った。

「毎年、会社の健康診断でも、医者に叱られてるからね。栄養が足りてない、って。でも、本人が改善する気ないみたいだからね。あと十年もしないうちに、脚気《かっけ》とかにかかりそうだよね」

そう言って、冷たいのか、放任主義なのか、何も考えていないのか、武時は明るく笑うと、「じゃあまたね！」と爽やかな挨拶を残して帰っていった。

キッチンに戻った倫子は、啓子がやり残した銀食器を片づけながら、高史のことを考えた。

高史が将来、栄養失調で倒れようが、脚気になろうが、倫子には正直関係のない話だが、Kからの依頼を考えると、距離を縮めるいいきっかけになるように思えた。前金を受け取った手前、それなりに働かなければならない、というおかしな義務感もあった。

倫子は意を決して、高史の部屋に向かった。

一度目のノックには反応がなく、二度目のノックでようやくドアが開いた。まだワイシャツ姿の高史が、いつもの無表情で「何の用だ」とたずねる。

怖じ気づきそうな心を奮い立たせて、倫子は「あの……先ほど、別所さんにうかがったんですが……」と切り出した。

「会社の健康診断で栄養不足と言われているそうですが、本当でしょうか？」

「……大河原さんにでも頼まれたのか？」

「え⁉」

「私に説教しろと、彼女に頼まれたのか？」

「ち、違います！」

私はただ……と倫子が言いかけると、高史は遮り、「いらぬ世話だ」と言い放った。

「自分の身体のことくらい、自分が一番よくわかってる。私に構うな」

「で、でも、やっぱり食事はちゃんと取らないと……」

「無用の気遣いだ」

「だけど、本当に栄養失調にでもなったら、みんなが心配します」

　そこで高史は、「みんな？」と繰り返した。高史の強く射るような視線が、倫子を真っすぐに見下ろす。

「みんなとは誰だ？　家族か？　会社の人間か？」

「それは……啓子さんとか、別所秘書とか、あと……」

「私も……」と付け加えて、倫子はうつむいた。本心とは違う、こんな欺瞞《ぎまん》に満ちた自分がひどく卑怯《ひきょう》な人間に思えた。

　すると、高史はそんな倫子の気持ちを読み取ったかのように、「見え透いた嘘を言うな」と吐き捨てた。

　それは高史からすれば、いつもどおりの発言だった。こうして自分から他者を遠ざけ、心と立場を守ってきたことを高史は自覚していた。だから今回も、倫子が彼の態度に腹を立て、見限って立ち去るというシナリオを頭に描いていた。ところが、倫子の反応は違った。

　倫子は明らかにショックを受けた顔をし、その目には涙まで浮かべていた。そして「ごめんなさい！」と大きな声で詫びると、走ってその場を逃げ出した。

倫子からすれば、自分の汚さを自覚しての懺悔《ざんげ》の涙だったが、高史からすると、いきなり倫子が泣き出したことは意味不明だった。自分の言葉がきつかったことは確かだが、泣くほどのことではないはずだ。まさか、自分が食事を取らないことに涙したのだろうか。しかしそうであるなら、なおさら不可解だった。

「なんなんだ、いったい……」

倫子が立ち去った後も、高史は部屋の入り口で、呆然としていた。仕事上の叱責で部下の女性を泣かせたことはあるが、プライベートでは、泣かせるほど親しく付き合った女性はいない。だから、若い女性のあんな悲痛な泣き顔を間近で見たのは初めてだった。いや、一度だけ、あった。高校時代のことだ。衆人環視の下校時の下駄箱前で、一年後輩の女生徒からラブレターを渡された。正確には、渡されかけた。懸命の想いで告白してきた相手に、高史は非情にも言い放った。「とても迷惑だ」と。

女生徒は先ほどの倫子のように、ショックを受けた様子で泣きながら走り去った。それ以来、高史には〝永久凍土《えいきゅうとうど》〟というあだ名がついた。

懐かしむほどでもない記憶をたどり、高史は部屋の扉を閉めた。書類を広げたデスク前に腰掛け、さっきの仕事の続きをしようとするが、倫子の泣き顔が目の前でちらついて、仕事が手につかない。

「馬鹿か。たかが、使用人を泣かせたくらいで」

不甲斐ない自分を叱咤《しった》して、高史は左右に首を振った。だが、やはり心のざわつきは収まらない。

仕方なく立ち上がると、デスク横のファイル棚から黒いフォルダーを抜き取り、それを手にキッチンに向かった。

啓子はまだ帰宅しておらず、倫子は一人で暁也用の夕食を作っていた。暁也は香辛料を利かせた料理が苦手で、食べられない食材も多く、献立は毎日啓子が考えている。今日は海鮮炒飯《チャーハン》と玉子スープの予定だ。

炒飯とスープに使う玉ねぎを刻みながら、倫子はこぼれそうな涙を懸命に堪えていた。打算で高史に近づいた自分が、何だかとても汚れた女に思えたのだ。

やっぱり自分には誘惑役など荷が重い、とぼんやり考えていた倫子は、高史がキッチンに入って来たことに気づかなかった。

「おい」

「きゃあ！」

驚いて悲鳴を上げた倫子の手から包丁が滑り落ちた。包丁は倫子のジーンズをかすめ、足の甲に落下した。

「痛っ！」

倫子は短くうめき、よろめいた。

「危ない‼」

高史は素早く駆け寄り、倫子の身体を片手で支えた。そして、血のついた包丁を手に取ってシンクに置くと、靴下を脱がせて、近くにあったタオルで血を押さえるようにぬぐった。

「……結構、深いな」

傷を見て、高史はポケットからスマホを取り出すと、自室にいた運転手の富三を呼んだ。

「怪我人が出た。車を用意してくれ。裏口だ」

電話を終えると、突然、高史は倫子の身体を横抱えにした。

「⁉」

声も出せずにいると、高史はそのまま立ち上がり、倫子の足をシンクに入れて傷口を水で洗った。しかし、出血は止まらず、高史は新しいタオルで患部を縛ると、そのまま倫子の身体を抱え上げ、裏口に向かった。

外ではすでに車が待機していて、高史は倫子を後部座席に乗せると、自分も車に乗り込んだ。そして、「花井総合病院へ」と富三に告げた。

車が走り出したところで、倫子はようやく我に返った。

「あ、あの、高史さん。私、別に……」

「黙ってろ」

倫子を一言のもとにはねつけた後、高史は自分のサンダル履きの足元を見て舌打ちした。

車はすぐに美月の父親が経営する、花井総合病院に到着した。再び高史は倫子を横抱えにして、病院に入った。救急外来の若い看護師が出てきて、「どうされました？」とたずねる。

「包丁で足の甲を切りました」

「こちらへ」

看護師は慣れた手つきで、外来用処置室に二人を案内した。高史は処置室のベッドに倫子を下ろすと、「お願いします」と看護師に告げた。

「保険証などは、お持ちですか？」

「いいえ、急いで来ましたので」

「では、預り金として一万円ほどお願いできますか。後日改めて、保険証をお持ちください。そのときに、正規の治療費を精算させていただきます」

「ありがとうございます。何か記入する書類は？」

「先ほど通られた夜間受付でお願いします」

「わかりました」

高史が処置室から出て行った。

入れ替わりで、外科担当の医師が入ってきた。慣れた手つきで患部を見て、「んー、これはちょっと、縫わないとダメだねぇ」と呟いた。

倫子は麻酔の処置を受け、言われるがままベッドに横になった。ここまでのすべての出来事が予想外すぎて、上手く頭が働かなかった。

医師の補助に入った看護師がいきなりクスリと笑った。何事かと思って倫子が視線を向けると看護師はニコニコしながら、「さっきのあれ、カッコよかったですね」と小声で言った。

「あれって？」

傷口を縫いながら医師が口を挟むと、「こちらのご主人の、あれですよ。お姫様抱っこ！」と弾んだ声で答えた。

「ご主人……？」

ポカンとする倫子に向かって、看護師は「ご主人、結構、慌ててましたね。奥さんのこと、大事にされてるんですね」と言った。

「それってもしかして、高史さんのことですか？」

驚く倫子に看護師は、「お姫様抱っこでの飛び込みって、初めて見ましたよ。私もされてみたーい」とうらやんだ。

「えっ、いえ。あの、違うんです。あの人はその……」

倫子は否定しようとしたが、その前に医師が「おいおい、いつまでも無駄口を叩いてないで、ガーゼ出して」と、看護師をたしなめた。

「はーい」

まだ学生気分が抜けないらしい看護師は、小さく舌を出して診察台から離れた。倫子はそのまま沈黙せざるを得なかった。

たしかに倫子にとっても、あの高史の行動は意外だった。状況的に、看護師が二人を夫婦と誤解しても、仕方のない話だった。

無影灯の光をぼんやり眺めながら、倫子は深いため息をついた。

すべての処置を終えたところで、看護師が高史を呼んだ。すでに必要な手続きを済ませたのだろう。高史はベッドの上で居心地悪そうに座っている倫子に歩み寄ると、「大丈夫か」と声をかけた。

「はい……。お手数おかけました」

「気にするな。その怪我は私のせいだ」

そして、高史は素足に包帯を巻いた彼女の足を見て、また来たときと同様に抱えようとした。さすがに倫子は、「あ、あの、歩けます。大丈夫です」と断ったが、また「黙れ」と一喝されてしまった。

高史に抱えられて、倫子は真っ赤に顔を染めた。そんな倫子の顔を、高史が間近でじっと見つめる。

「あ、あの、何か……」

「今まで、気づかなかったが……」

「え?」

「……いや、なんでもない」

高史は何事もなかったかのように歩き出した。

来たときと同じように後部座席に乗せられると、倫子は富三にも礼を言った。気のいい老運転手は、「何針縫ったの? 四針? そりゃ大変だったねぇ」と言って、「安全運転で帰るからね」と優しい言葉をかけてくれた。

走り出した車中で高史は、「月曜にまた保険証を持って病院へ行け。車は嘉川さんに出してもらえ」と、命令口調で告げた。

「抗生物質をもらってる。今日はそれを飲んで早々に休め」

「え、でも……」

「大河原さんには、すでに電話で伝えた。彼女もそうしろと言っている」

「……はい」

おとなしく倫子はうなずいた。

車に揺られながら、包丁を落としてしまった自分の軽率さを悔やんでいると、ふと疑問が浮かんできた。躊躇《ちゅうちょ》したが、結局、倫子は口を開いた。

「あの……」

「なんだ」

「先ほど、キッチンにいらしたのはなぜですか？」

「……」

途端に高史は黙り込んだ。そして、倫子の視線から逃れるように、顔を外に背けた。

「あの……」

すると、高史は観念したように「診断結果のファイルを持って行ったんだ」と答えた。

何を言われているのかわからず首を傾げる倫子に、高史は「だから……去年受けた健康診断の結果を持って行ったんだ」と説明した。「君がしつこいから、そこまで心配する結果じゃないと、実際のデータを見せようと、ファイルを持って行ったんだ」

ようやく意味を理解した倫子が可笑しそうに笑いだした。高史が窓の外に向けていた視線を隣に向けると、倫子は「そうだったんですね。ありがとうございます」と礼を言った。

「なぜ礼を言う？」

「私に健康診断の結果を見せに来てくださったんですよね。それが嬉しかったから、お礼を言ったんです」

　本心から倫子はそう言った。

「……変わってるな」

高史はそう呟くと、また窓の外に顔を向けた。しかし、眉間のシワはもう消えていた。

まもなく黒いセダンが裏口に停まると、待ち構えていたように、啓子が表まで迎えに出てきた。その手には、倫子のためのサンダルが握られていた。

先に高史が降り、無言で家の中に入っていった。倫子は啓子と富三に支えてもらいながら、片足を引きずるようにして後に続いた。

すでに現場はきれいに片づけられていて、血の跡も残っていなかった。倫子が詫びると、啓子は「何言ってるの」と笑顔で言った。

「若い女の子が、何針も縫うような大怪我をしたのよ？　掃除とか片づけとか、そんなこと気にしなくていいの」

倫子は思わず涙ぐんで、「すみません。ありがとうございます」と頭を下げた。

「それより食欲はある？　普通の食事は取れそう？」

啓子は倫子をキッチンカウンターの前にあるスツールに座らせてたずねた。

「はい。あの、暁也さんの食事は……」

時計はいつの間にか午後十時を回っていて、倫子はためらいながらそうたずねた。

「大丈夫。私が持って行ったから」

「ありがとうございます」

再び倫子が頭を下げると、啓子は大きく手を振って、「だから倫子ちゃんは何も気にしなくていいんだって。二、三日、お休みしなさい」と言った。

「そんな、大丈夫です！　明日からでも問題なく働けます。ちょっと怪我した足を引きずりますけど、ほかは全然元気ですから」

倫子は慌てて両手を振って見せた。

「そう？　だけど、私も経験あるけど、縫合手術の後って、熱が出たりするのよねぇ」

「あ、痛み止めと抗生物質を出していただきました。たぶん、それを飲んで一晩休めば、大丈夫です」

「わかったわ。とにかく無理はしないでね。嘉川《ねぎら》さんもご苦労様」

そう言って啓子は、黙って座っている富三に労いのお茶を出した。富三はそれを美味しそうにすすると、「いや、しかし驚いたねぇ……」と呟いた。

てっきり怪我のことだと思った倫子が、「本当にご面倒をおかけしました」と詫びると、富三は「いや、違う違う」と片手を振った。

「高史坊っちゃんのことだよ。まさかあの坊っちゃんが、自分が原因とはいえ、サンダル履きで倫子ちゃんを病院に運ぶなんて、ねぇ？」

富三が啓子に同意を求めると、啓子も大きくうなずいた。

「本当よね、私は高史さんから連絡をもらったとき、ちょっと感動したくらいよ。他人のためにあの人がそんな骨を折るなんて、まだちゃんと人間らしいところが残っていたんだってね」

「け、啓子さん……」

そのあまりな物言いに倫子がうろたえると、啓子は「だってぇ」と笑いながら続けた。

「あの人は本当に昔からクールだったから。ここ十数年、高史さんの笑顔を見た人はだーれもいないのよ。信じられる？　私はもちろん、嘉川さんも、別所君でさえも」

「それは、凄いですね……」

自分用の湯呑《ゆの》みを両手で包んで、倫子は今日の高史の様子を改めて思い返した。たしかに一度として、笑顔は見せなかった。けれど、倫子の怪我を本気で心配し、怪我の治療を第一に動いてくれたことは紛れもない事実だった。


四月。予定どおり、講演を終えた高史の恩師が夕方四時前に上石邸にやって来た。

怪我人の倫子は裏方に徹し、直接の接客は啓子と、啓子の要請で急きょ手伝いに来てくれた、小松《こまつ》という女性が受け持った。

この小松夫人が例の高知出身のご近所さんで、彼女の指導で用意した郷土料理を、教授は大いに喜んでくれた。加えて、同郷の小松夫人相手に、久しぶりに方言でおしゃべりできたことも嬉しかったようで、いたく感激した様子で帰っていった。

教授を乗せた車を見送った後、高史もホッとした様子で、小松夫人に十分な礼をし、啓子と倫子には、何か特別ボーナスを出したいと申し出た。

遠慮のない啓子は、「私は温泉旅館にご招待がいいわ。露天風呂付きの料理が美味しい宿ね！」と即答した。かたや倫子は、「私は何もしてないので」と控えめに辞退した。

しかし、啓子から「私だけ受け取るわけにはいかないでしょ」と言われ、高史からも「こんなときに遠慮するな」と叱られ、悩んだ末に「じゃあ……美味しいお肉が食べたいです」と正直に答えた。

「肉⁉」

高史が驚いたように声を上げ、啓子は「やっぱり若いわねぇ〜」と愉快そうに笑った。

「えーと、ちょっといいお肉で、すき焼きとかできれば……。それなら、嘉川さんも一緒に食べられるし……」

遠慮がちに倫子が言うと、啓子が「何言ってるのよ。肉を食べるなら、高史さんと二人で外食に決まってるでしょ！」と当然のように言った。

「えっ！」

「えっ？」

倫子と高史が同時に声を上げた。

啓子はそんな二人を笑顔で見つめ、「彼は仕事の付き合いで、美味しいお店をたくさん知ってるからね。ステーキでも、しゃぶしゃぶでも、すき焼きでも、好きなお店に連れて行ってもらいなさい。いいわよねぇ、高史さん？」と有無を言わさぬ調子で迫った。

「で、でも、そんな……、高史さんは忙しいのに、それは……」

慌てて倫子がその提案を拒もうとすると、驚いたことに高史が「いつがいい？」と聞いてきた。

顔を上げた倫子は、信じられない思いで高史の顔を見た。高史は相変わらず無表情のまま言った。

「私は別にそれでも構わない。だが、外食するなら、足が治ってからがいいだろう。抜糸後の経過はどうだ？」

「じゅ、順調です」

「一週間後くらいなら、外出できそうか？」

「……はい」

気がつくと啓子は先に奥に引っ込んでしまい、その場には倫子と高史だけが残された。

「では、その頃、改めて日取りを決めよう」

「あ、はい……」

いつの間にか、高史との食事が決定事項となり、倫子は流されるままに同意していた。

呆然とした表情で自分を見上げる倫子の目を、高史が見つめ返す。

「なんだ？」

「いえ、あの、なんて言うか……」よくわからない感情が込み上げてきて、倫子は素直に笑顔を見せた。「その日がちょっと楽しみです」

「〝ちょっと〟なのか？」

その返しに、倫子は明るく笑い、「失礼しました。すごく楽しみです」と訂正した。

すると、高史がふっと表情を緩めた。一瞬だけ視界をかすめた、初めて見る高史の笑みに、倫子は驚いて固まってしまった。

自分が笑ったことに気づいていない高史はすぐにいつもの無表情に戻り、「どうした？」とたずねる。

「え、いえ……」返す言葉を失くし、倫子は慌てて話題を変えた。

「そうだ。高史さん。先日おっしゃっていた健康診断の結果、今から見せていただけますか？」

「……」

「ダメですか？」

「今日はいろいろと忙しい」

明らかに逃げの口実であることを察した倫子は、「ファイルを渡していただくだけで、結構ですから」と重ねて言った。

倫子が簡単に引き下がると思っていたのだろう。高史は少し驚いた表情を見せて、ボソッと「大河原さんが二人になったような気分だ」と呟いた。観念したのか、小さく息を吐き出して、自室に向かった。

ついて来た倫子を廊下に待たせ、高史は黒いフォルダーを手に部屋から出てきた。

「これだ。毎年の結果をまとめてある」

倫子は「拝見します」と断りを入れてから、その場でファイルを開いた。健康診断の項目は多岐に渡っていたが、倫子が注目したのは血液検査の結果だった。

母親が病弱だったため、倫子の兄の千聖《ちさと》は検査結果の見方をよく知っていた。そんな兄から自然と習う形で、倫子もそこそこ詳しかった。一般的な検査項目の標準値はだいたい頭に入っていて、どんな栄養素が不足しているか読み取れた。

高史の血液検査の結果は、惨憺《さんたん》たるものだった。タンパク質、ビタミン、ミネラル、鉄、亜鉛などは、軒並み基準値以下の数値だった。

健康診断の結果をきれいに保管している点は、几帳面な高史らしい話だったが、実生活に生かしてないのだから意味がない。

「よく今まで、倒れずにやって来られましたね」

倫子はため息交じりに呟いて、ファイルを閉じた。

「ああ。問題が起きたことはない」

「でも、風邪を引きやすかったりとか、貧血気味でクラクラしたりとか、よく頭痛に悩まされたりするとか、そういうことはあるんじゃないですか？」

高史は押し黙った。どうやら都合の悪い話になると、口を閉ざすのが癖らしい。

「やっぱり、レトルト食品だけで栄養を取るのは、限界がありますよ」

「……普通の食事も取ってる」

「では、昨日は何を召し上がりましたか？」

「昨日？」

「はい。朝は何を召し上がりましたか？」

相手にフォルダーを返しながら、倫子は重ねてたずねた。

「……いつも朝は野菜ジュースだ。うちの店でも仕入れている、有名メーカーの野菜ジュースをコップ一杯飲んでいる」

「それと？」

「それだけだ」

強がるように睨み返してくる高史を、倫子は呆れた顔で見つめた。

「お昼は何を召し上がりましたか？」

「昼か？　昼は……打ち合わせを兼ねたランチを、取引先の幹部と会社近くのホテルのカフェで取った。ビーフシチューにサラダのついた、バランスの取れたメニューだぞ」

「完食されましたか？」

「……」

「残したんですね」

ため息をついて、倫子は「お昼はそれだけですか？」と聞いた。

「午後にペットボトルの日本茶を飲んだ」

「……夕食は何を？」

「夜は会議だったから、会社が用意した仕出し弁当を食べた」

「さすがに残さず食べました？」

「……」

「どのくらい残したんですか？」

「……だいぶ。仕方ないだろ。マズかったんだ」

子供のような言い訳に、倫子はため息をついた。すると、高史は「だから帰宅後に野菜スープを飲んだ。それで腹は膨れる」と付け加えた。

「でも、それってレトルトのスープですよね」

「それで問題はない」

　胸を張って答える高史を、倫子は「大ありです」と一刀両断した。倫子は眼鏡の奥から鋭い視線を飛ばし、高史を睨みつけた。

「そんな生活を続けてたら、いつか倒れて病院行きですよ」

「十年以上続けているが、倒れたことはない」

「今は倒れてないだけです」

　しばらく沈黙した後、高史は「では、私にどうしろと言うんだ」と、少し苛立った様子で倫子にたずねた。

「簡単です。毎日、家で朝食と夕食を取ってください」

　倫子はそう言って、ニッコリと笑った。

　高史は一瞬、呆気にとられた表情を浮かべた。しかし、すぐにいつものしかめっ面に変わった。

「馬鹿な」

「どうしてですか？」

「食事に時間をかけたくない」

「作るのは私や啓子さんです。調理の手間も、食器の片づけの手間もありません。栄養失調で通院なんてことになれば、そちらのほうがよほど時間の無駄ですよ」

返す言葉がなかったのだろう。高史はいったん口を閉じた後、少し強い口調で「そもそも、なぜ君にそこまで指図を受けなければならない。私に構うなと以前にも言ったはずだ」と論点をずらした。

「この家で家政婦として働かせていただく者として、家人の健康を管理するのも、私の務めだと思うからです」

「雇い主が不要だと言っている」

「不要だと言われて、簡単に引き下がるようなら仕事ではありません。それに失礼ながら、今おっしゃった〝不要〟は感情論であって、合理的根拠はありません。身体を壊すのがわかっていながら、見過ごすわけにはいきません」

そのまま、二人はしばらく睨み合ったが、先に視線を外したのは高史だった。

「……他人の作った料理は苦手なんだ」

いきなり本音を聞かされて、倫子は驚きながら、「啓子さんが作ったものでもですか?」

とたずねた。

「ああ……。彼女には言えないが、食べた後、気分が悪くなるんだ。味が悪いわけでも、食材が古いわけでもない。彼女の料理には、まったく問題はない。あくまで私の……心の問題だ」

廊下で向かい合ったまま、倫子は、思っていたより深刻な問題を前にどうしたらよいか、考えを巡らせた。

「なぜそうなるのか、理由はわからないんですか？」

「……そうだ」

「どんな料理でも、そうなるんですか？」

「そうだ。ただ、あまり手を加えてないものなら、大丈夫なときもある。トーストとか、ゆで玉子とか」

「それは料理のうちに入らないと思いますけど……」

倫子が冷静にそう言うと、高史はバツが悪そうに、「だから、簡単なものなら、と言っているだろう」と言い返した。

倫子は「うーん」とうなって、しばらく考え込んだ後、「じゃあ、今からちょっと、検証してみませんか？」と言った。

「検証だと？」

「そうです。どこまでなら平気で、どこからがダメなのか、確かめてみましょう。工夫次第では、他人の手料理を食べられるようになるかもしれませんよ」

「時間の無駄だと思うが……」

「やってみないと、わからないじゃないですか」

力説した倫子は思わず足を踏ん張ってしまい、右足の甲の痛みに「痛っ！」と声を上げて膝に手をついた。そのままじっとして、痛みが引くのを待つ。

「大丈夫か？　興奮しすぎだ」

高史は呆れ顔をしながらも、その一生懸命な姿にほだされたのか、「仕方ないな。付き合おう」と、倫子の提案を承諾した。

キッチンへ行くと、ちょうど啓子が買い出しに出かけるところだった。週に一、二度、こうして来客用の菓子や日用品を補充しに、市内のデパートへ買い物に行くのも家政婦の仕事だった。倫子がお使いに行くこともあるが、足の怪我があるため、今日は留守番を頼まれた。

啓子が富三の運転する車で出かけたのを見届け、倫子は高史をキッチンに呼んだ。彼は不承不承《ふしょうぶしょう》、めったに足を踏み入れないキッチンへやって来た。

黒いシャツの上に紺色のサマーセーター、ボトムはブルージーンズに着替えた高史の姿を見て、倫子は思わず「私服だとお若く見えますね」と声をかけた。

「いつもは何歳に見えているんだ？」

「四十歳くらいに……」

申し訳なさそうに倫子が呟くと、高史はフンと鼻を鳴らし、「君は十代に見えるな。若く見えてうらやましい」と応じた。

「それはガキっぽいって意味ですか？」

「そうとも言える」

思わず倫子が拗《す》ねた顔をすると、高史は「いいじゃないか。老け顔よりは童顔のほうが」と、素っ気なく言った。

「……顔の話はもういいです」

「君が始めたんだがな」

「もう！」

意外に饒舌《じょうぜつ》な高史に、倫子は頬を膨らませて、料理の準備を始めた。

エプロンと三角巾をつけ、専用ブラシを使って爪の中まで丁寧に洗った後、消毒用エタノールで手指の消毒を行う。高史はカウンターの隅でスツールに腰掛け、そんな倫子の一連の動作を見守った。

「いつもそうやって、準備をしているのか？」

「そうですよ。啓子さんに、ご家族に何かあってはいけないからと、特に衛生面については口酸っぱく言われてるので」

そう言って倫子は、今度は作業台の上を消毒用エタノールのスプレーで除菌した。セラミックの包丁とまな板にもスプレーをかけて水で流した。

「通常、これで料理に取りかかりますが、さらにまな板の上にラップを敷くこともできますが、いかがしますか？」

すでに〝検証〟が始まってることに気づいた高史は、少し考えてから「いや、いい」と返事をした。

次に倫子は野菜室から果物と野菜を取り出した。

「これで野菜ジュースを作りましょう。洗い方ですけど、水だけでいいですか？　それとも、重曹水もしくは酢水で洗った後、水で流す方法もありますが、どれがいいですか？」

「酢……いや、重曹で」

倫子は言われたとおり、重曹を溶かした水に材料を浸けた後、流水で流して、最後にキッチンペーパーで水気を拭《ふ》き取った。

「今から野菜を切りますけど、ビニール手袋はしますか？」

高史は「不要だ」と答えた。

倫子は消毒したまな板と包丁を使って、食材をミキサーにかけやすい大きさに切っていった。その間、倫子のきれいに整えられた爪と白いしなやかな手の動きを、高史はじっと見つめていた。

「えーと、とりあえずニンジンとリンゴは基本ですよね。セロリとホウレン草も入れますね。あ、バナナも入れます？」

「任せる」

　ミキサーも消毒した後、固いものから先に入れた。

「ちょっとドロドロになりそうなので、牛乳を足してもいいですか？」

「好きにしろ」

　材料をすべて入れ終わったところで、ミキサーの電源を入れる。小さなブロック状にされた野菜はミキサーの中でみるみる一つの液体になり、淡い緑色のジュースができた。

「試飲してみましょう」と言って、倫子はグラスに注いだ。できたての野菜ジュースを受け取った高史はすぐに口に運ばず、慎重に観察している。

　その様子を見て倫子は、高史の警戒心を解くように先にひとくち飲んだ。「あ、美味しい！」と思わず声をもらす。本心だった。

「すごい、私、天才かも。絶妙のバランスですよ、これ！」

　その言葉に背中を押され、高史も思い切ってグラスを口に運んだ。

「どうですか？」

　倫子がたずねると、高史は不思議なものでも見るように、手の中のグラスを見つめた。

「……美味い」

　倫子は「やった！」と、小さく拳を握りしめた。

「気分はどうですか？　吐き気は大丈夫ですか？」

　高史は一瞬考え込む様子を見せた後、「大丈夫だ」と言うと、グラスの残りをすべて飲み干した。

「うん。悪くない」

「本当に？」

「なぜ大丈夫なんだろう。不思議だ」

そう高史が呟くと、倫子は興奮した様子で話し始めた。

「私、思ったんですよ。もしかしたら作る工程を自分の目で確認できたら、料理への不安も少しは減るんじゃないかって」

「……なるほど。適切な処置で調理されているのを知ることで、安心感を得られるということか」

「そうなんです。たいていの人は漠然と〝大丈夫だろう〟って作り手を信頼するものですけど、高史さんはそれが苦手なんだと思うんです。っていうか、料理の工程で洗浄がきちんと行われているかとか、異物が混入していないかなんて、自分の目で確かめない限りわからないんですから、疑うほうが自然とも言えますよね」

「私は別に大河原さんを疑ってるわけではないが……」

「疑ってなくても、誰だってミスすることはあり得ますから、不安になるんじゃないですか？」

「……わからない。しかし、私が他人を心から信じられない人間であることは認めよう」

「いえ、そういうつもりじゃ……」

「いや、いいんだ。ただ、この方法は難しいな」

「え？」

「このやり方で改善されるとしても、毎回毎回、君が料理するところを見ているわけにもいかないだろ」

　高史は倫子の目を真っすぐに見て言った。

「えっ、あ、それは……とりあえず、高史さんにお時間のあるときに協力していただけたら……」

　倫子がそう言うと、高史は口元を緩めた。彼が見せる今日二度目の笑顔だった。

「おかしなことを言うな。〝協力〟しているのは君のほうじゃないのか？」

「そ、そうですね……」と、倫子は照れ笑いをした。

　ひとまず、高史がまったく食べられないわけではないことがわかって、倫子は自信をつけた。解決への糸口が掴《つか》めただけでも、かなりの前進だった。

　弾んだ気持ちのまま倫子は、夕食も食べてみないかと提案した。

「暁也さんと同じメニューでよければいかがですか。今夜の献立はチキンカツとポテトサラダ、それにワカメのお味噌汁です」

「君が作るのか?」

「はい。今から作ります」

高史はしばらく考えてから、「いや、今日はいい」と答えた。

「ジュースでかなり腹が膨れた。いきなりそんなに食べたら、別の意味で具合が悪くなりそうだ」

「それもそうですね……」

倫子が残念そうに言うと、高史は「その代わり……」と続けた。

「明日の朝は君が作った食事を取ろう。希望としては、軽くトーストしたライ麦パンと、オムレツのベーコン添え、コーヒー。そして、野菜ジュースが欲しい」

「えっ?」

思いがけないリクエストに、倫子は目を丸くして高史の顔をまじまじと見た後、心底嬉しそうな笑みを浮かべた。その愛らしい笑みに、高史は思わず見惚《みと》れたが、口にはしなかった。

「わかりました! 何時にご用意しましょう?」

「……七時半で。八時半には家を出るからな」

「キッチンに来られますか?」

「来たほうがいいのか」

「作るところを見なくていいんですか？」

もっともな指摘に高史は黙り込んだ。

「……あの二人がいるだろ」

遠回しな言い方だったが、倫子はすぐに理解した。

「ひょっとして、啓子さんと嘉川さんがいたら恥ずかしいんですか？」

「……」

〝無言の返事〟に、倫子はクスリと笑って、「明日は大丈夫ですよ。啓子さんたち、朝早く出かける予定ですから。帰りもおそらくお昼近くです」と言った。

「どこへ行くんだ？」

「毎月第二土曜に開催される魚市場のイベントです。私も先月連れて行っていただいたんですが、新鮮なお魚が安く買えるし、マグロの解体ショーとかもあって、すごく楽しかったです。明日の夕食は絶対お刺身ですよ」

「刺身は苦手だ」

切り捨てるように答え、高史は「とにかく、二人は明日の朝は不在ということなんだな？」と確認した。

「はい」

少しの間を置いて、高史は「わかった。七時にキッチンへ行く」と約束した。倫子はホッとして息を大きく吐いた。

翌朝。高史は約束どおりの時間にキッチンへ顔を出した。

倫子は自然と笑顔になり、「お早うございます」と挨拶した。そして、さっそく昨日と同じ準備を踏んで料理に取りかかった。

野菜ジュースを作った後、先にコーヒーを淹《い》れるため豆を挽《ひ》き始めると、「毎朝、挽くところから始めるのか？」と高史が聞いた。高史はいつも自室のバリスタマシーンで、インスタントコーヒーを飲んでいる。

「啓子さんが専門店で買ってきた、焙煎《ばいせん》したてのいい豆があるんですから、それを飲まないなんて、もったいないじゃないですか」

そう答えながら慣れた手つきでコーヒーを淹れる倫子の様子を、高史はジュースのグラスを傾けながら、興味深そうに見ていた。

口の細いドリップ用ポットから、ペーパーフィルターの上に円を描くようにお湯を注ぐと、香ばしく深みのある、コーヒーの芳香が辺りに広がった。

「いい香りだな」

「ですよね？　私もこの、挽き立てのコーヒーの香りって大好きなんです。落ち着きますよね」

ジュースを飲み終えた男の前に、今度は淹れたてのコーヒーを置いて、倫子はライ麦パンをトーストし、個包装されたバターを添えた。

「今から卵とベーコンを焼きますが、近くでご覧になりますか？」

「……うん」

高史は素直にうなずき、スツールから立ち上がった。

倫子は昨日買ってきたばかりの卵を、バターを落とした鉄のフライパンでオムレツにし、その隣でテフロンのフライパンを火にかけ、ベーコンをカリッと焼き上げた。

その様子を、高史は少し離れたところから、立ったまま見つめていた。あっという間に料理は完成した。

テーブルに料理を運ぼうとすると、高史は「ここでいい」と言って、カウンターテーブルで食事を始めた。倫子は祈るような気持ちで反応を待った。

「……どうですか？」

オムレツとベーコンを、それぞれひとくちずつ食べた高史に感想をたずねる。

しかし、高史は答えずにパンを手に取った。専用ナイフを使って、ちぎったパンにバターをのせ、それをひとくちでほうばる。パンをゆっくり咀嚼《そしゃく》し飲み込むと、コーヒーをひとくちすすった。

そうやって、オムレツ、ベーコン、パン、コーヒーの順番で、高史はすべての料理を食べ切った。最後に紙ナプキンで口をぬぐい、驚く倫子に顔を向けた。

「美味かった」

「ほ、本当ですか?」

現実に空の皿を前にしても、倫子はにわかに信じられなかった。

「問題なく食べられた。君は料理が上手だな」

「ご気分は?」

「大丈夫だ。腹が膨れて多少苦しいが」

その言葉に嘘がないことを感じ、倫子の中でじわじわと喜びがわき上がる。

「どうですか、今日みたいなメニューなら、毎朝食べられそうですか?」

二杯目のコーヒーを口に運ぶ高史にそうたずねると、「そうだな。おそらく」と嬉しい返事をよこしてから付け加えた。

「だが、ここで食べるのは気まずい」

「啓子さんと嘉川さんがいるからですね」

高史がお決まりのように黙り込むと、倫子は笑みを浮かべた。

「心配しないでください。今朝、啓子さんにお願いしてきたんです。私を朝食係にしてくださいって。それで啓子さんたちには、八時過ぎに来てもらうよう頼みました。啓子さん、腰の具合があまり良くないこともあって快諾してくれました」

「嘉川は？」

「嘉川さんは特別なお仕事が入らない限り、八時過ぎまでお部屋で待機されているので問題ありません」

高史は「そうか……」と言って、指を組んだ自分の手をしばらく見つめた。そして、倫子に視線を戻して、「今朝のように、すべての用意を君がしてくれるのなら」と告げた。

「もちろんです！　それはお約束します。よろしければ、お夕食もいかがですか？」

倫子が笑顔でたずねると、高史は迷いながら答えた。

「たいてい私の帰宅時間は午後九時を過ぎる。それから作るのでは、君に負担がかかりすぎるだろ」

「かかっても構いません」

倫子の言葉に、再び高史は沈黙した。

「なぜ、そこまでして、私に手料理を食べさせようとする？」

正直、倫子にもよくわからなかった。初めはKの指示が頭にあって、高史に近づくための口実に健康ネタを利用しただけだったが、今は本当に心配していた。おそらく、自分の母親が働き詰めで身体を壊したことが遠因になっているのだろうと、倫子は自己分析した。

「手料理っていうか……とにかく不健康な食生活をやめてほしいだけです」

「好きで不健康にしているわけじゃない。食べても吐いてしまっては、元も子もないだろう」

高史の言葉に、倫子は言葉に詰まった。

「……そんな体質で、これまでどうやってやってきたんですか。立場上、会食の機会も多いはずなのに……」

「無理やり食べてきた」

「だけど、気持ち悪くなるんでしょ？」

「後で吐くんだ。面倒だが、仕方がない」

信じ難い話に、倫子は眉をひそめて高史を見つめた。

「お医者様には、相談しなかったんですか？」

「高校時代に一度、医者にかかったことがある。精神的なものだと言われ、気休め程度の精神安定剤を処方された。カウンセリングにも通ったが、効果はなかった」

「だからあきらめて、吐いて対処しているんですか」

「あきらめたわけではないが、気持ち悪くなるのはどうしようもない」

倫子が沈痛な顔をして目を伏せた。その苦しそうな表情を目にして、高史はなぜか申し訳ない気持ちになった。そして言い訳のように、「まったく食べられないわけじゃないし、いつも吐いているわけではない」と付け加えた。

「食べる量をセーブすれば、吐くまでには至らない。しかし、食べたくないものを無理やり腹に入れれば、誰だって吐きたくもなるだろ。何かを口に入れるたびに気分が悪くなれば、食べることすら嫌いにならないか？」

「そうですね……」

これ以上の追及は相手の負担になるだけだと感じ、倫子は口をつぐんだ。どこか気まずい雰囲気に包まれる。

高史は自分が手にしているコーヒーカップと目の前の倫子を交互に見た。さすがに刺身や素手で握ったおにぎりなどは勘弁してほしいが、倫子の作ったものなら食べられる気がした。自分でも理由はよくわからないが、ほかの人が作ったものより、抵抗がないのは事実だった。

短い時間接しただけでも、倫子の賢明で几帳面で真面目な性格は、十分に伝わってきた。おまけに料理の腕もいい。協力してもらうのに、彼女は打ってつけの人材だった。

「自分でも、治せるものなら治したいと思っている。もしも君が協力を惜しまないと言うのなら……他人の手料理に慣れる努力をしてみてもいい」

視線をコーヒーに注いだまま、高史は独り言のように呟いた。

「本当ですか!?　私、何でもします！」

倫子の大袈裟《おおげさ》な反応に、高史は一瞬呆気にとられ、小さく噴いた。それを見て、倫子が驚いて目を見開くと、高史は慌ててごまかすように咳払いした。

高史はいきなり立ち上がり、「そろそろ部屋に戻る。今夜は地元議員主催のパーティーに出る予定だ。夕方、別所が迎えに来たら教えてくれ」と口早に告げた。

「わかりました」

キッチンに一人きりになった倫子は、自分の朝食を用意しながら、高史とのやり取りを繰り返し思い出していた。

ここ十数年、啓子も富三も見たことがないと言っていた高史の笑顔を、昨日に引き続き目にした事実が、倫子の中に奇妙な高揚感を生んでいた。

しかも、いつも他者との間に境界線を引き、頑なに自分のテリトリーに足を踏み入れられるのを拒んでいる高史が、自分を食事係に任命してくれたことで、倫子の眠っていた使命感に火がついた。

Kとの約束のために、高史に近づくつもりはない。ただ、こんなにお金や地位に恵まれているのに、いつも孤独で、全然幸せそうに見えない高史が不憫《ふびん》に思えて放っておけなかった。

倫子の行動は、優しさという名の同情だった。母性愛と言っていいかもしれない。でも、高史自身は同情されることを何よりも嫌がるだろう。だから、倫子は同情心を見せなかった。

この家へ来た当初は、家にこもりがちな暁也のほうをかわいそうに思っていたが、暁也には、母親代わりの啓子もいれば、婚約者の美月もいる。

しかし、高史には、ちゃんと食事をしろと説教してくれる家族も、親身になってくれる友人や恋人もいない。それは紛れもなく高史自身が招いたものだが、あのポーカーフェイスも、冷たい物言いも、倫子には悲しい自己保身にしか思えなかった。

だからせめて一人くらい、高史のために骨を折る人間がいてもいいのではないかと思ったのだ。

それが自分である必要はないが、自分しかいないのだからやるしかないと、倫子は心に決めた。

高史の恩師の訪問から二日後の日曜の午後。倫子は部屋のドアをノックして、「高史さん」と声をかけた。ドアはすぐに開いた。

「あの、ケーキを焼いたんですが、召し上がりませんか」

そう言って倫子は淹れたてのコーヒーと、きれいに切り分けたパウンドケーキの皿が載ったトレーを、胸の前に掲げてみせた。

「君がそれを作ったのか？」

「はい」

「……」

「あの、ちゃんと器具は洗浄しましたし、材料も……」

「そんなことは聞いていない」

つっけんどんに言い、高史はケーキと倫子の間に視線を行き来させた。そして、「わかった。もらおう」と短く答えると、トレーを片手で受け取った。

高史がドアを閉めようとすると、倫子が「あの……」と切り出した。

「なんだ?」

「食べてるところを、見ていてもいいですか?」

「なぜ?」

「だってひょっとすると、私に気を遣って、食べられなかったのに、食べたって言われてしまうかもしれないじゃないですか」

「そんなごまかしはしない」

「でも、できれば、食べるところを見て安心したいんです。せっかく作ったんですから、感想も聞きたいし……」

一瞬、高史は黙り込んだが、自分をじっと見つめる倫子の視線に負けて、「入れ」と入室を許可した。倫子の表情がパッと笑顔に変わる。倫子は「失礼します」と頭を下げ、初めて高史の部屋に足を踏み入れた。

高史の部屋は想像どおり、モデルルーム並みにきれいで、整理整頓されていた。

部屋はドアに対して、横に広がっていた。十五畳はあるのでないかというスペースに、ドアの右隣の壁は壁面書棚になっていて、そこに組み込まれる形で、テレビとオーディオセットが設置されていた。反対側の壁側にはソファがあって、その前にはガラス天板のテーブル。ドアから見て左側のスペースはミニキッチンになっていて、小型冷蔵庫やバリスタマシーンが置かれている。

部屋の右奥にあるドアは閉ざされていたが、おそらくそこから先が寝室なのだろう。高史の几帳面な性格からして、きっとホテル並みにベッドメーキングされているに違いなかった。

高史は倫子を向かいのソファに座らせると、テーブルの上にトレーを置き、さっそくケーキにフォークを入れた。倫子はケーキが高史の口に運ばれるのを見守った。

「ど、どうですか？」

「……うん」

高史は難しい顔で、もうひとくちケーキを食べて、今度はコーヒーを飲んだ。

「だ、大丈夫ですか？」

心配になってたずねる倫子の言葉を無視して、高史は黙々とケーキを食べ続けた。どうやら食べることに集中しているらしい。

最後の一切れを食べ終えると、ゆっくりとコーヒーを飲み干した。そして、心配そうに感想を待っている倫子に一瞬目をやり、「うっ」とうめいて口を押さえた。

「高史さん⁉」

倫子が血相を変えて立ち上がり、そばに駆け寄る。次の瞬間、高史はケロリとした顔で「冗談だ」と呟いた。

「なっ……」

「心配するな。問題ない。というより、美味かった」

真顔でそう答える高史の顔を、倫子は信じられない思いで見つめた。自分がまんまと騙されたことに気がつき、「信じられない。ひどーい！」と叫んだ。

本気で腹を立てて膨れ面をする倫子に、高史は「だから冗談だ」と繰り返した。

「あんまり真剣な顔で俺を見ているから、ちょっとからかってみたくなっただけだ」

「怒ってます。私は本気で心配したのに……。もう二度と、高史さんにケーキは食べさせません！」

「そう言うな。ケーキは美味かった」

高史は部屋から出ていこうとする倫子の手首をとっさに掴んだ。しかし、倫子は掴まれた腕を振り解《ほど》いて、「もう知りません！」と言ってドアに向かった。

そんな倫子を、高史が慌てて追いかける。

「待て。わかった。俺が悪かった」

肩に手を掛け、強引に倫子を自分の方へ向かせた。

「機嫌を直してくれ。頼む……」

高飛車でプライドの高い彼がここまで謝る相手は他にいない。少し冷静になった倫子は、ようやく膨らませた頬を元に戻した。

「本当に美味しかったですか？」

「ああ。手作りのケーキなんて何十年ぶりかに食べたが、よくできていた。店に出せるレベルだ」

発言に遠慮のない高史の言葉だからこそ、その褒め言葉は倫子の心を強くくすぐった。途端に恥ずかしくなり、倫子は「そうですか……」とうつむいた。

顔を赤くした倫子を見て、高史も慌てて肩に置いていた手を離した。

倫子はテーブルに戻って、食器を片づけながら高史にたずねた。

「お夕食はどうされますか？」

「うん。そうだな……」

倫子が機嫌を直してくれたことに、高史は胸を撫で下ろしながら、「今日は遅くまで仕事をするから、軽い物ならもらおう」と答えた。

「でしたら、リゾットとか、あ、白身魚の雑炊はどうですか？　啓子さんが市場で買ってきた、鯛《たい》の切り身があるんです。昨日お刺身でいただきましたけど、すごく美味しかったですよ」

「任せる」

倫子がトレーを手に立ち上がると、高史はドアを開けた。

「何時頃、召し上がりますか?」

「九時くらいに頼む」

「わかりました」

そう言って廊下に出た途端、倫子は「あっ」と何かを思い出したように声を上げた。

「そう言えば、さっき啓子さんにお願いして、朝食だけでなく夕食も、高史さんのお食事担当にしてもらいました」

「何?」

驚く高史に、倫子は「大丈夫です。上手く話しましたから」と笑った。

「おまけに、食べる姿を見られるのが苦手みたいですって伝えたら、じゃあ高史さんがキッチンにいるときは遠慮しようって、向こうから言ってもらえました」

「そうか……。いろいろ気を遣わせて悪かったな」

「いいえ。高史さんがちゃんとした食事をしてくださるなら、私も嬉しいですし、啓子さんも本当に喜んでいましたよ。あんまり啓子さんに心配かけないでくださいね」

「……」

　途端にお得意のだんまりを決め込む〝頑固なお坊ちゃま〟に笑いかけ、倫子はキッチンに向かって歩き出した。その背中に高史が、「来週は……」と声をかける。

「はい？」倫子が振り返り、首を傾げる。

「来週の休みはいつだ？」

「日曜日ですが……」

「なら、その夜は空けておいてくれ」高史は倫子から視線を微妙にそらして続けた。「肉を食べに連れて行ってやる」

　倫子は突然のことに、機械的に「あ、はい」と答えた。

「何がいい。ステーキか？　しゃぶしゃぶか？　それとも焼き肉か？」

「えっ、あっ、どれでもいいですけど、強いて挙げるならステーキが……」

「鉄板焼きの有名な店とフレンチがあるが、どちらがいい？」

「えーと、高史さんはどちらがいいですか？」

　たずね返されて、高史は困ったような顔をして「俺はどちらでも構わん」と返事をした。

「どうせ後で吐くから、とか言わないでくださいね」

「……」

「えっ、本当に吐くんですか？」

驚く倫子に、高史は慌てて「鉄板焼きよりはフレンチがいい」と訂正した。

「そこのシェフは俺以上に潔癖症で、食材の管理も、厨房の清掃も完璧で、加えて量の調整も頼めるから気楽なんだ」

「ああ、お知り合いのお店なんですね。それなら安心ですね」

倫子は笑顔になって、「では、そのお店でお願いします」と言った。

「わかった」

高史はホッとしたように、わずかに口角を上げた。


夕方になって、恒例のデートから暁也と美月が帰宅した。

美月がキッチンへやって来て、倫子が淹れた紅茶を美味しそうに飲みながら、いつものおしゃべりを始めた。

最近スランプ気味の暁也のために、植物公園をデート場所に選んだ美月は、「とりあえず今日の外出は、まずまず成功って感じかな。アキ君、ちょっとだけスケッチもしてたし、機嫌がよさそうだった」と満足げに言った。

健気《けなげ》な美月の言葉に、倫子は軽い感動を覚え、「すごいですね、美月さん。本当に暁也さんのことが好きなんですね……」と呟いた。

「えっ、やだー。ただ私は、またアキ君にたくさん絵を描いてほしいだけだよ。そりゃ、アキ君のことは大好きだけど、私、ほかにボーイフレンドいるし」

「えっ⁉」

「えー」

美月の衝撃の告白に、倫子のみならず、料理中の啓子もキッチンカウンターの奥から飛び出してきた。

「ちょっと、美月ちゃん。今の話、本当？」

「だって私、アキ君に二度、フラれてるんだもーん」

美月はあっけらかんと失恋を告白した。

「アキ君がフランスに行く前に、一緒について行くって言ったら、〝僕じゃあ美月を幸せにできないから〟ってフラれたの。それで帰国後にもう一度結婚してって頼んだら、〝結婚してもいいけど、夫婦にはなれないよ。美月は妹だから〟って言われたの。それで私、もうアキ君のことはあきらめたの」

淡々と話してはいるが、割り切るまでにずいぶん涙を流したに違いない。今も美月が暁也を大切に想っていることは明らかだった。

美月は少しつらそうに目を細め、「大人になったら、妹を卒業できるかと思ったんだけど、アキ君は誰とも恋愛する気はないみたいなんだよねぇ」と呟くように言った。

「美月ちゃん……」

その顔を見て、啓子も倫子も何も言えなくなった。

「だから私、アキ君とは一応婚約してることになってるけど、彼よりもっと好きな人を見つけられたら解消してもらうの。そうアキ君にも伝えてあって、彼も〝それがいいね〟って言ってた」

「そんな……あなたたちは、本当にお似合いなのに……」

啓子の言葉に、倫子も大きくうなずいた。

「もしアキ君より好きになれる人が現れなかったら、そのときはアキ君に結婚してもらうよ。結婚するのは別に構わないって言ってるし」

素直になれる二人の前だからか、美月はいつもの向日葵《ひまわり》のような笑顔を潜め、小さくため息をついた。

「いっそアキ君がちゃんと恋人でも作ってくれたら、あきらめがつくのに……」

「それは期待しても無理よ。あの人はそもそも出会いの場に出ていかないし、誰か別の女性と出会っても、美月ちゃんほどきれいで可愛い子なんているはずないんだから」

「ですよね……」

啓子の言葉に倫子も同意し、美月の肩にそっと手を置いた。すると、美月は倫子に寂しそうに微笑んだ。それが倫子には余計に切なかった。こんなきれいで優しい心を持つ人がずっと片想いだなんて、恋の神様は意地悪だとしか思えなかった。

「きっとアキ君は、お母さんみたいな人がいいんだよ」

美月は誰に聞かせるわけでもなく、独り言のように、呟いた。

「一度、アキ君が描いたセイレーンの絵を見たことがあるけど、亡くなった貴子おば様にそっくりだった……」

セイレーンとは、ギリシャ神話に登場する、上半身は女性、下半身は鳥の姿をした海の魔物のことだ。

「貴子さんって、あの……」

「そう、高史さんとアキ君のお母さん。亡くなられたのは、私がまだ小さかった頃のことだから、よく覚えていないんだけど、うちに写真があるの。色白のほっそりした顔立ちの日本美人で、消えそうな笑顔を浮かべてて……。笑ってるのに、すごく寂しそうなの」

倫子が上手く言葉を返せずにいると、啓子が「美月ちゃん」と、いつになく険しい視線を向けた。

「前にも言ったでしょ。亡くなった奥様の話はこの家では厳禁だって」

「あ、ごめんなさい」美月は慌てて立ち上がった。「倫子さんもごめんね。変な話をして。私、もう帰るね」

「あ、待って、美月さん。表まで送るわ」

倫子も立ち上がり、美月と並んで裏口から外に出た。表はすっかり暗くなっていた。

門の明かりの下で、美月はペロリと赤い舌を出し、「失敗、失敗」とおどけたふりをしてみせた。

「大河原さんの言うとおり、あの家では、貴子おば様の話は厳禁なの」

「それはやっぱり、亮子さんに気を遣って……」

「というよりは、高史さんとアキ君にね。……あのね、これも秘密なんだけど、おば様が亡くなったとき、家には、あの二人しかいなかったんだって」

「え？」

目を見開く倫子に、美月は顔を寄せ、「私も親が話していたのをこっそり立ち聞きしただけなんだけど……」と声を潜めた。

「大河原さんは留守中で、もう一人いたお手伝いさんも外に出ちゃってたの。その間に貴子さんの容態が急変して、まだ小さかった高史さんが救急車を呼んだんですって。発作を起こしたお母さんのそばに、兄弟二人がずっとついていて、救急車が到着したときには、もう亡くなっていたらしいの」

倫子は初めて知る二人の過去に、絶句した。

「パパの話では、高史さんの潔癖症も、アキ君の対人恐怖症も、そのときの体験が原因なのは間違いないって。二人の性格が変わったのはその日以来らしいし。小さな兄弟二人だけで、死んでいくお母さんを見守っていたんだよ。すごく怖くて悲しくて、忘れられない体験だったと思う」

「……」

「それにね、当時この家でシェパードを飼っていたんだけど、とっても可愛がっていたのに、お葬式のすぐ後に手放しちゃったの。高史さんが、〝自分より先に死ぬものは飼えない〟って言って……」

ただただ驚くばかりで、倫子はその場に立ち尽くした。

話し終えると、美月は慌てて「あ、このことは二人には内緒ね。絶対言わないであげて」と口止めした。

「はい。絶対に言いません」

倫子はそうとしか答えられず、悲痛な表情でうなずいた。重苦しい沈黙が流れ、美月は申し訳なさそうに、「ごめんね、変な話をして」と詫びた。

「いえ。聞かせていただけてよかったです」

倫子は顔を上げ、真っすぐに美月を見た。そしてどちらからともなく、労《いた》わり合うように笑みを浮かべた。

「ところで、大河原さんから聞いたよ。高史さんの食事担当になったんだって？　すごいね。あの高史さんをどうやって落としたの？」

それまでの空気を変えるように、美月は明るく言った。

「べ、別に落としてません！」顔を赤らめて、倫子は叫んだ。「あ、でも……じつは今度の日曜日に一緒にお食事をするんです」

「えっ、すごい！　デート？」

「いえ……単なるボーナスみたいなものです。ただ、場所がフレンチレストランなんですけど、私、あまり高級なお店に行ったことがなくて、正直不安なんです」

「そうなんだ。でも、倫子さんなら大丈夫だよ。マナーは知ってるんでしょ？」

「ひととおりは……。でも、何を着ていったらいいのかわからなくて。来週の日曜日に食事に行くんですけど、夜着ていく服を昼間買いに行くので、よかったらお付き合いいただけると助かるんですけど……」

「わー、楽しそう！　行く、行く‼　ついでにメイクやヘアセットもしてあげる」

美月は目を輝かせて、はしゃぎ声を上げた。

「あ、いえ、メイクとかは別に……」

「どうして？　とびきりきれいになって、高史さんをびっくりさせようよ」

「でも、私がいくらメイクをしようが、高史さんは一切気にしないと思いますけど……」

「そんなことないよ。それに倫子さんは、メイクしたら絶対映える顔だよ。スタイルもよくて魅力的なんだから、いつもスッピンでジーンズなんてもったいないよ」

「はぁ……ありがとうございます」

Kのみならず、美月にも褒められて、倫子は恥ずかしそうに礼を言った。

「じゃあ、日曜のお昼は私とショッピング＆エステへ行くことに決定ね」

「えっ、エステですか⁉　いや、そこまでしなくても……」

「だーめ。これはもう決定事項！　安心して。エステは私の奢《おご》りだから」

リッチなお嬢様らしい発言をして、美月は楽しげに倫子の手を取った。

「わー、楽しみ。私って、倫子さんみたいな同性の友達が少ないから、一緒に出かけられるだけでもすごく嬉しい。別にデートの予定がなくても、ショッピングやエステならいつでも付き合うから、これからも遠慮なく誘ってね」

「はい……」

美月の勢いに押されて、倫子はそう答えるしかなかった。

Ⅲ．夜の妖精

約束の日曜日。倫子は午前中から美月と、今夜着ていく服を買うため、博多駅前の百貨店に来ていた。

ブランドに詳しい美月が価格帯などを考慮してショップを選んでくれて、倫子は彼女の勧めるままに、店を順番に見て回った。

六店舗ほど見て、試着もして、最終的に倫子が選んだのは、レースがあしらわれたベージュピンクのトップスと、細かなプリーツデザインがフェミニンな、黒いチュールスカートという上品な組み合わせだった。国内のブランド品で、上下合わせて二万円足らずと価格も手頃だった。

足元は先に決めていて、すでに持っているものの中から、履き慣れているストラップ付きのパンプスを選んだ。足の傷跡が気になったが、肌色のテーピングをして靴を履くと、まじまじと見なければわからない程度にはごまかせた。

買い物を済ませると、二人が向かったのは、美月がひいきにしているという個人経営のエステサロンだった。

初めて利用する倫子は、最初に簡単なカウンセリングと身体測定を行った。その結果、痩身等の施術は必要ないということで、美月と同じ、リンパマッサージとアロマオイルを使った全身トリートメントのコースを受けることになった。

エステなんて一度も経験のない倫子は、最初はかなり緊張していたが、ベテランスタッフの手によるマッサージは心地良くて、隣のベッドの美月とおしゃべりしているうちに、六十分のコースはあっという間に終了した。料金も予想外にリーズナブルで、これならたまに一人で来てもいいと思うほどだった。

次に美月は、サロンと同じビルにある美容院に倫子を連れて行った。

こちらも馴染みの店らしく、美月は店員と親しげに言葉を交わすと、「この人が倫子さんね。とりあえずセットとメイクをお願いしまーす」と、金髪の男性スタッフに紹介した。

「あらぁ、いまどき珍しいほど、なんの手も加わってない子ね～」

見た目は男性、話し方は女性という謎のスタイリストは、嬉々《きき》とした様子で倫子を席に着かせ、「お任せしてもらっていいかしら？」と笑顔で言った。相手のキャラに面食らいつつ、倫子は「お願いします」と頭を下げた。

一時間後――。倫子は、眼鏡を外し、久々にメイクを施した自分の顔を、鏡の前で懐かしい思いで見つめていた。しかし、以前の自分と似てはいるものの、いろいろなところで違っていた。

まず、髪色は黒で、毛先をアイロンでカールし、女性らしいふんわりとした仕上がりになっている。そして、メイクはピンクベージュをベースに、リップだけ深みのあるボルドーレッド。スッピンでは下手すると十代に見えた倫子だが、プロの手による洗練されたメイクにより、実年齢より少し大人っぽく見えた。

とはいえ、決して老けて見えるわけでなく、程よい上品さと女らしさが増して、同性ですらドキリとするような色気を醸し出していた。

現れた倫子を見て、待合席にいた美月が「わぁ、倫子さん、素敵！」と歓声を上げて立ち上がった。

金髪のスタイリストが「すごいでしょ～。大変身よ」と満足げな笑顔を浮かべている。

「久々に腕の奮い甲斐があったわ。あ、お支払いは美月ちゃんがするの？」

「えっ、そんな、私が払います」

慌てて倫子が口を挟むと、美月が笑いながら「私が無理に誘ったんだもん。払うよ」と言って、財布を取り出した。

「その代わり、今日のデートの結果を教えてね」

「あら、これからデートなのぉ。それは、彼氏の反応が楽しみねぇ」

お店の人にまでからかわれて、倫子は真っ赤になってうつむいた。

「いつもスッピンしか見せてないなら、あまりの変身っぷりにドキドキするんじゃないかしら」

「ですよねー。あー、私も待ち合わせ場所で一緒に反応が見たい。あのクールな高史さんが驚く顔なんて、すっごくレアだもん」

倫子自身、自分が美しく変身した自覚はあったが、この程度のことで高史が驚くとは思えなかった。たとえ、頭の上に隕石《いんせき》が降ってきても、高史が表情を変えることはない気がした。

それに、あれだけの潔癖症だ。多少女らしくしたからといって、自分を異性として意識するとは、とても想像できなかった。

きっと淡々と食事をして、淡々と帰途について、速やかに解散……という流れになるのだろうと、倫子はぼんやりと思った。


ヘアサロンを出て、美月と駅前で別れると、まもなく午後五時を迎えるところだった。

高史との待ち合わせは、博多駅、博多口のタクシー乗り場に七時。あと二時間、時間を潰さなければならない。

とりあえず、倫子は近くのカフェに入って、ミルクティーを注文した。カップが運ばれてくると、頬杖をついて高史のことを考えた。少し前なら、あの偏屈に見える男と二人きりで食事など、気まずい以外の何ものでもなかっただろう。

だが、状況は大きく変わっていた。

毎朝、高史の朝食を用意し、何度か夕食も作った。そのどれも残さず食べてくれた。今の倫子にとって、それが何よりもの喜びだった。

食事中に交わす何げない会話も、倫子の秘かな楽しみになっていた。最初は気難しそうに思えた高史は、慣れるにしたがって、むしろ今まで出会った誰よりも話しやすい相手だった。だから、倫子は純粋に今日という日を楽しみにしていた。

バッグからスマホを取り出して時間を確認すると、店に入ってからまだ三十分も経っていなかった。時間の流れが普段より遅く感じられる。そのままスマホをテーブルに置こうとしたときだった。手の中で小刻みに振動した。

画面を見ると、覚えのない番号が表示されていた。不審に思いながらも、高史からかもしれないと思い、倫子は電話に出た。

「あ、もしもし、立脇さん？」

聞こえてきたのは、高史の秘書の武時の声だった。

「はい」

「急にごめんね」

　武時は申し訳なさそうにいきなり詫びた。

「じつは専務に急な仕事が入っちゃって……。海外の取引先なんだけど、明日の予定の会議を、帰国が早まったから、今日にしてくれって言い出したんだよ。今専務はその相手と会議中で、まだ終わりそうにないから、僕が伝言を頼まれたんだ。ひょっとすると、七時の約束の時間に間に合わないかもしれないって……」

　倫子は「そうですか……」と答えるのが精いっぱいだった。

「今、博多駅でしょ？　どうしようか。嘉川さんに迎えに行ってもらおうか？　それとも専務の代わりに誰か食事に誘う？　まだ予約はキャンセルしてないからさ」

「大丈夫です。このまま帰ります。専務にもそうお伝えください」

「本当にごめんね。きっと後で専務からも電話があると思うけど、何しろかなり大事な取引先だから、断るわけにはいかなかったんだ。許してやって」

「いえ、そんな……。お仕事が一番大事ですから」

　そう強がりながらも、倫子は思った以上に自分が落胆していることに気づいていた。でも、それを悟られて気を遣わせるわけにはいかない。

「お気になさらずに。近くをブラブラして帰ります。別所さんもお疲れ様です」

　努めて明るい声で答えると、武時は「ありがとう。そう言ってもらえると助かるよ」

と、ホッとした様子で電話を切った。

その途端、倫子の口から重く深いため息がこぼれた。そして、スマホを握りしめたまま、窓から外の景色をぼんやり眺めた。

日曜日の夕方とあって、家族連れやカップルが多い。今の倫子には、目の前を横切る人たちは、みんな幸せそうに見えた。自分一人が取り残されたような寂しさで、真っすぐ帰宅する気にはなれなかった。

精算を済ませて外に出ると、店のガラスに自分が映っていた。これまでになくお洒落《しゃれ》した自分がひどく滑稽《こっけい》な女に見えた。

服を新調したのは、レストランにふさわしい服を持っていなかったから。エステとヘアサロンに行ったのは、美月に連れて行かれたから――。

こじつけの理由はいくらでも作れたが、心のどこかで、高史に自分を〝良く〟見てもらいたい気持ちがあったことは否定できなかった。

「馬鹿みたい」

いったい何を期待していたのだろう。己の浅はかさを冷笑し、倫子は駅構内をしばらく当てもなく歩いた。

隣接した商業施設内に、映画館があるのを見つけ、とりあえずそこに向かった。

九階に到着し、上映が始まったばかりのタイトルを適当に選び、チケットを買う。ドリンクも何も持たずに、指定された席に座った。

選んだ作品は洋画だった。教会の罪を暴く新聞記者たちの奮闘を描いた、極めて真面目な社会派ドラマだった。内容もよく知らずに選んだタイトルだが、倫子は徐々に映画に夢中になり、気がつくと二時間が過ぎていた。

映画の余韻に浸りながら、ぼんやりした頭で表に出た倫子は、そこで時間を確認しようとスマホを取り出して驚いた。高史から、着信が三件と、メールが二件入っていた。

慌ててメールを開くと、一件目は六時五十分に届いたものだった。

『今、会議が終わった。もう家に帰ったか？』

次いで、七時二十分にもう一通。

『今、どこにいる？』

そして、つい数分前の七時三十分に、連続して着信が三件。

それらを確認し、倫子はすぐに高史に折り返した。ワンコールも待たせずに、すぐに高史が電話に出た。

「もしもし」

いつものぶっきらぼうな声が倫子の耳に届く。心なしかその声には、怒気が含まれている気がした。

「立脇です」

倫子が答えるとすかさず、今、どこにいるのか聞かれた。

「ええと、博多駅の隣のビルの映画館です」

一瞬、沈黙が流れた後、倫子の耳に「はぁー」という長いため息がはっきりと聞こえた。

「映画館か……。映画を観ていたのか?」

それ以外にここで何をすると言うんだろうと頭の片隅で思いつつ、倫子は「はい」と答えた。

「もう、映画は終わったのか?」

「あ、はい」

「飯は食ったか?」

「えっ⁉　いえ……」

そこで高史が再び黙り込んだ。沈黙に耐えられず、倫子は先に口を開いた。

「すみません。映画を観ていて、着信に気がつかなくて……」

高史が怒っているのか、呆れているのかすらわからず、倫子はとりあえず非礼を詫びた。すると、また小さなため息が聞こえた。

「いや、そのことはいい。……じつは俺も今、駅に来ている。一階まで下りて来てくれないか。ビルの出口付近にいる」

「えっ？」

高史の言葉が信じられず、倫子は一瞬呆然としたが、すぐに目の前のエレベーターに向かって駆け出していた。

降りてきたカップルと入れ替わるように、エレベーターに乗り込むと、急いで一階のボタンを押した。そして、スマホを耳に当て直すと、倫子は信じられない思いで聞き直した。

「あ、あの……本当に今、駅にいるんですか？」

「ああ」

多少疲れを感じさせる声で、高史は続けた。

「初め、待ち合わせ場所に行ってみたが、君を見つけられなかった。それでもう一度メールを送ってみたが、やっぱり返信がなくて駅構内を探してみた。でも、これでは埒《らち》が明かないと思って電話した。まあ、とにかく連絡がついてよかった。まさか映画を観ていたとはな……」

「あの、本当にすみませんでした。もうお仕事は大丈夫なんですか？」

「ああ、問題ない。契約は無事済んだ」

「そうですか……。それで、あの……」倫子はためらいがちにたずねた。「お仕事が終わって、すぐにこちらへ来てくださったんですか？」

「そうだ。会議が終わってすぐに君にメールしたが、返事がなかったから怒っているんだと思った。家に電話を入れたら、帰っていなかった。だから、まだこの辺りにいるかもしれないと思って駆けつけた」

「本当にごめんなさい。無駄足になるかもしれないのに……」

倫子が思わずそうもらすと、高史は「それでも来たほうがいいと思ったんだ」と答えた。

エレベーターが一階に到着すると、倫子は急ぎ足でビルの出入り口に向かった。すると、ガラスドアに見覚えのあるシルエットが目に入り、倫子は足を止めた。

高史もすぐに倫子に気づき、お互いにスマホを耳に当てたまま、二人は見つめ合った。

「……本当に、いた」

倫子が信じられない思いで呟くと、「だから、いると言っただろう」と耳元で聞こえた。

倫子はスマホを耳から離し、高史の元へゆっくりと近づいていった。

「えらくめかしこんだな」

目の前で立ち止まった倫子に、高史は唇の端を上げた。倫子は自分がいつもと違う格好でいることを思い出し、急に恥ずかしさを覚えた。

「あ、これは……」と、慌てて弁解しようとすると、高史は「よく似合っている」と穏やかに言った。

「こういうときはどう言えばいい？　馬子《まご》にも衣装か？　それとも、こんな自分のために美しく着飾ってくれて、どうもありがとう、か？」

「そ、そんな……」

からかわれているのか、褒められているのか、予想外の高史の言葉に、倫子は顔を真っ赤に染めた。

「べ、別に、美しく装ったつもりは……。ただ、高級なレストランに行くので、それにふさわしい格好をしようと……」

「そうか」

わずかに口角を上げただけで、高史はそれ以上言及しなかった。そして、待たせてしまったことを倫子に詫びた。

「もしまだ食事をする気があるなら、これから行かないか？　店にはすでに連絡してある。一時間くらいなら遅れても大丈夫だそうだ」

「えっ、本当に？　いいんですか？」

倫子は驚いて目を見開いた。

「ああ。店だってキャンセルされるよりは、食べに来てもらったほうがいいだろう。遅くまでやっているところだ。気にするな」

高史はそう言って、タクシー乗り場に向かうと、倫子を先に車に乗せ、自分もその隣に乗り込み、運転手に店の住所を告げた。

車が走り出すと、高史はジャケットの胸ポケットにしまっていたネクタイを取り出して締め直した。いつも爽やかな男性用香水の香りを漂わせている高史から、わずかに汗の匂いがして、倫子はじっとその横顔を見つめた。

「ひょっとして……結構、探しました？」

「何？」

「駅で、私を、その……探してくれたんですか？」

倫子がたずねると、高史は窓の外を向いたまま、「少しだ。いそうなところを少しだけ、見て回っただけだ」と、照れくさそうに答えた。明らかに〝少し〟ではなかったことが倫子にはわかった。

嬉しさがこみ上げ、倫子は胸の中で小さな泡が弾けるような不思議な感覚を覚えた。

「ありがとうございます」

顔を伏せたまま礼を言うと、高史も倫子を見ないまま、「約束の時間に遅れたのは俺のほうだ。気にするな」と言った。

いつの間にか高史は倫子と二人の時は、〝私〟でなく〝俺〟という一人称をよく使うようになっていた。些細《ささい》なことだったが、高史との関係に変化が起き始めているように感じられた。〝私〟という仮面の下に隠された〝俺〟を、もっともっと見てみたいと倫子は思った。

大型連休を目前に控えた四月の最終月曜日。ようやく倫子は上石久雄との対面を果たした。といっても、それはかなり慌ただしいものだった。

お昼前だった。キッチンの電話が鳴り、暁也の食事を準備中だった啓子が受話器を手に取った。

「ああ、倉本《くらもと》さん。はいはい。え？　旦那様のカフスボタン？　ああ、あのエメラルドのついた」

キッチンの奥で食品の在庫チェックを行っていた倫子は、〝エメラルドのカフスボタン〟というところだけ聞き取った。

お金持ちともなると、そんなカフスを持っているんだ……と思いながら在庫チェックを続けていると、電話を切った啓子が慌てた様子で倫子を呼んだ。

「悪いけど、ちょっとお使いを頼まれてくれない」

「はい。何ですか？」

「旦那様が今日から三日間、北京《ペキン》出張なんだけど、急にエメラルドのカフスボタンを持って行くって言い出したらしいの」

「はい……」

「そのカフスね、初めての商談には必ずつけていく、験担《げんかつ》ぎの品なのよ」

「それがこっちの家にあるから、福岡空港まで届けてほしいらしいの」

「わかりました」

倫子は真顔でうなずきながら、エプロンを外し始めた。

「ええとね、カフスは私が出しておくから、あなたはタクシーを呼んで。嘉川さんは当分戻らないから」

啓子によると、国際線ターミナルビルのタクシー乗り場付近で待っているように指示されたとのこと。久雄たちのほうが、到着が遅れるかもしれないが、大幅には遅くならないので、その場で待っているようにとのことだった。

「念のため、秘書の方の連絡先をうかがってよろしいですか」

「ああ、倉本さんね。ええと、これが彼の携帯番号よ」

啓子は自分のスマホを取り出し、社長秘書の番号を表示した。

「一応倉本さんには、あなたが届けるって私から伝えておくから」

そう言って、啓子は慌ただしくキッチンから出て行った。

すぐに倫子はタクシーを呼ぶと、いったん自室に戻って、急いで身だしなみを整えた。髪に櫛《くし》を入れながら鏡の中の自分に「験担ぎかぁ……」と一人話しかける。これまで話に聞いていた久雄のイメージからは、そんな信心めいたことをする人間にはとても思えなかった。

秘書の名前にも引っかかった。〝倉本〟も、イニシャルはKである。思えばこの家にいる人間は、名前に〝K〟のつく者が多い。言うまでもなく上石もそうだし、運転手の嘉川、そして家政婦の啓子もそうだ。

「K、多すぎ……」

半ば呆れ気味に、倫子は呟いた。


空港に到着した倫子は久雄と倉本を探したが、それらしき二人連れは見当たらないため、とりあえずタクシーの利用客の邪魔にならない場所で待つことにした。五分ほど経ったところで、一台のハイヤーから二人の初老の男性が下りてきた。一人は写真で見覚えがあった。

「倉本さんはフサフサの白髪頭で、旦那様は波平さんみたいな頭だから」という啓子の言葉を思い出し、倫子は二人連れのうち、豊かな白髪の男性のほうに「あの……」と声をかけた。

黒いスーツに身を包んだ痩身の男性が、「はい」と振り向いた。

「倉本さんですか？　私、立脇ですが……」

「ああ、大河原さんがおっしゃっていた方ですね」

倉本はシワの深い顔に温厚な笑みを浮かべ、「御足労様をおかけいたしました」と倫子を労った。

「こちらでお間違いないでしょうか」

鞄から小さな四角いケースを取り出し、倫子が差し出すと、秘書の隣に立っていた久雄が「見せろ」と言って、横からそれを奪い取った。間近に見る〝父の仇《かたき》〟に圧倒されながら、倫子は成り行きを見守った。

「うむ。これだ」

久雄は大きくうなずくと、ケースを秘書に手渡した。久雄の外見は思ったより小柄で、特に威圧感も感じさせない、どこにでもいる初老の男性という印象だった。ただ、その横柄な口調と態度は長男をも上回っていた。

「搭乗手続きは何時からだ?」

「二時ですので、まだ十分間に合います」

「そうか」

そう言うなり、久雄は踵を返した。しかし、二、三歩進んだところで、ふと何かを思いついたように足を止めた。そして振り向くと、懐《ふところ》から長財布を取り出し、万札を一枚抜き取って倫子に差し出した。

「手間をかけたな。これで何か美味いものでも食え」

「えっ？」

考える間もなく、反射的にお札を受け取った倫子だったが、慌てて「そんな、困ります」と言って返そうとした。しかし、すでに久雄は倫子に背中を向けていて、聞こえているのかいないのか、さっさとターミナルビルへと向かった。

戸惑う倫子に、倉本が柔和な笑みを浮かべて話しかける。

「遠慮なく受け取ってください。社長なりの感謝の気持ちですので」

そう取りなすように言うと、荷物を抱えて、久雄の後を追いかけて行った。

その場に一人残された倫子はしばらく呆気にとられていたが、手にお札を握りしめたまま立ち尽くしているおかしな自分に気づき、慌ててそれをバッグにしまった。

帰りの車中で、倫子は啓子に電話を入れた。無事にカフスを渡し終え、断る間もなく、駄賃《だちん》をもらってしまったことを話すと、啓子は笑いながら、「あの人はいつもそうなの」と言った。

「金品を渡すことが最上級のお礼なのよ。遠慮なく受け取っておきなさい」

「でも……」

「気が引けるなら、途中で〝プティ・フルール〟に立ち寄って、シュークリームでもご馳走《ちそう》してよ。アールグレイティーのパックも一緒に」

啓子は楽しそうにひいきの洋菓子店の名前を出した。しかしその一言で、倫子も気が楽になった。

電話を切り、白いカバーに覆われた座席に身を預ける。車窓を流れる景色を眺めなら、倫子は先ほど会った上石久雄の顔を思い出していた。

Kの話が本当ならば、久雄は父の仇だ。久雄のせいで、両親や兄、悟たちは苦労を強いられたはずなのに、何も感じなかった自分に、倫子は少なからずショックを受けていた。

倫子が久雄を強く憎めない理由には、高史と暁也への想いが大きく影響していた。けれど倫子自身は、その事実に気づいていなかった。

倫子が帰宅すると、いつものように美月が遊びに来ていた。

美月はダイニングテーブルの定位置に腰掛け、いつもの愛らしい笑顔で倫子に、「おかえりなさーい」と手を振った。その明るい笑顔と声に、倫子の心にも優しい光が灯る。

「ただいま戻りました！」

ケーキの箱をカウンターに置いて、「シュークリーム食べますか？」と、倫子は美月にたずねた。

「食べる、食べる！　ていうか大河原さんに、今から倫子さんがシュークリーム買って帰るって聞いたから待ってたの」

美月は天真爛漫な笑顔で答え、箱の中をのぞき込んだ。

「ここのお店っていろんな種類のシュークリームがあって楽しいよねぇ。どれを買ってきたの？」

「とりあえず全種類を買ってきました。苺、桃、ブルーベリー、プレーン、それとチーズに小豆《あずき》です」

すかさず啓子が「私、小豆ね」と一つ選んだ。

美月は迷っているようで、「倫子さんは？」とたずねた。

「私はどれでも……。美月さんは？」

「えーっ、私もどれでもいいけど……強いて挙げるなら、チーズかブルーベリーかな。アキ君には、私がプレーンを届けるね！　啓子さん、紅茶入った？」

まるで自分の家のような振る舞いで、美月は食器棚からデザート皿とフォークを取り出して、木製のトレーに載せた。

「私もあっちで食べようっと。倫子さん、チーズもらっていい？」

「あ、どうぞ。そうだ、啓子さん、嘉川さんもシュークリーム食べますかね？」

「そうね。あの人は苺でいいんじゃないかしら」

「となると、一つだけ残りますけど、高史さんは？」

「食べないと思うわ。でも、大丈夫。別所君にあげるから」

「ああ、そうですね」

倫子は残った桃とブルーベリーのうち、桃を選んだ。

美月が暁也に届けに、離れに行ったところで、倫子と啓子はおやつ休憩を取った。

啓子は紅茶をひとくち口に運ぶと、「美月ちゃんも、毎度毎度マメよねぇ」と感心したように言って、声を潜めた。

「倫子さんも聞いてると思うけど、今は特にほら、暁也さんがスランプで描けなくなってるみたいだから、余計に心配なんだろうね」

倫子もその話は美月から聞いていた。

「本当にまったく描いてらっしゃらないんですか？」

「庭の草花なんかのスケッチ程度なら描いてるらしいけど、人物画になると苦しんでるみたいね」

「そうなんですか……。人物を描くのは、また特別なんでしょうね」

「描こうと思えば描けるはずだけど、ああいう芸術家のスランプっていうのは、私にはわからないわ」

ため息をつきながら、啓子はシュークリームの皮にフォークを突き刺した。

「私もそちらの世界には疎くて……。鑑賞するのは好きなんですけど」

「頼まれた画材を買いに行ったり、栄養のある料理を作ったり、そういう協力は惜しまないけど、スランプから抜け出すのは、やっぱり本人次第だから見守るしかないわよね」

「そうですね……」

そこで暁也についての話題は終わりになった。


いつもなら、一時間程度で暁也の部屋から戻ってくる美月が、空になった皿を手に再びキッチンに顔を出したのは、夕方、食事の仕込みが始まった頃だった。美月は倫子にトレーを手渡しながら、「今、ちょっと時間とれる？　少し外で話がしたいんだけど」と聞いてきた。

倫子が困惑しながら啓子に視線を向けると、「いいわよ。少しなら」とすぐ笑顔が返ってきた。

「すみません。じゃあ、ちょっと外します」

そう断って、倫子はエプロンを取り、美月と勝手口から裏庭に出た。

だが、美月は倫子に背中を向けたまま、なかなか口を開かない。

「あの……」

痺《しび》れを切らして倫子が声をかけると、美月は振り向いて、いきなり顔の前で両手を合わせた。

「倫子さん、一生のお願い！」

「えっ？」

面食らう倫子に、美月は切り出した。

「あのね、アキ君の絵のモデルになってほしいの」

「モデル⁉」

美月は両手を合わせたまま、「そうなの。図々しいお願いだってわかってるんだけど、これにはアキ君の画家生命がかかってるの。だから、お願い！」と、必死の表情で訴えた。

「ちょ、ちょっと待ってください。いきなり、なんの話ですか？」

声を上ずらせて戸惑う倫子に、美月は「ごめん。びっくりするよね」と詫びると、事情を話し始めた。

「今のアキ君は本当に行き詰まってるの。ある有名な童話作家さんが、アキ君の絵を気に入って、次の作品の挿絵を頼みたいって言ってくれたらしいんだけど、そのラフ画すら描けてないの」

「はぁ……」

「それで、モデルがいれば描きやすいんじゃないかって話になって。でもアキ君、すごい人見知りでしょ。モデルを頼むといっても、私か、倫子さんか、大河原さんしかいなくて……」

「……」

「で、今度の作品のテーマが月下美人の妖精なの。アキ君が言うには、倫子さんがイメージにぴったりなんだって」

「は、花の妖精ですか？　私が？」

記憶の中にある白い大輪の花を思い浮かべ、思わず倫子は笑い出した。美月ならともかく、とても自分に似つかわしいとは思えなかった。

しかし、美月は至って真剣だ。

「倫子さんがそう思わなくても、アキ君がそう思うんだから、そうなんだよ」

「でも、どう考えても花の妖精なら、美月さんのほうがぴったりでしょ」

倫子の反論にも、美月は真顔で首を横に振った。

「月下美人は夜の花でしょ。アキ君に言わせると、私は昼のイメージなんだって。向日葵とかパンジーとか、そういう明るい花のイメージらしいの」

その言葉を聞いて、倫子もようやく納得した。たしかに美月は名前に反して、夜のイメージではない。儚《はかな》げな月というよりは、燦然《さんぜん》と輝く太陽のイメージだ。

「それで、私に？」

自分が明るい人間だと思ってはいないが、遠回しに暗いイメージと言われると、それはそれで複雑な心境だった。

美月もそのことを察したのだろう。慌てて「月下美人って名前のとおり、すっごくきれいな花だし、アキ君なら間違いなく美人に描いてくれると思う」とフォローを入れた。

「どう描かれても構いませんけど、美月さんは嫌じゃありませんか？　私が暁也さんの絵のモデルをするのは……」

すると、美月は大きく頭を振って、少しだけ目を伏せた。

「ほかのモデルは嫌だけど、倫子さんならいいよ。たとえ二人きりでいても、あの超草食系のアキ君となら間違いはないと思うし」

「そうですか……」

「それに……倫子さんが好きなのは、アキ君じゃなくて高史さんでしょ？　だから心配してないよ」

美月はニッコリ笑った。

「ええっ！」

突然、高史の名前を持ち出され、無防備だった倫子は一瞬にして顔を赤らめた。

「な、なんでここで、高史さんの名前が出るんですか？」

「あれ、違うの？　この前のデートの話を聞いたときに、高史さんも倫子さんのことが好きなんだなって思ったし、両想いなんじゃないの？」

　無邪気にたずねる美月に、倫子は「そ、そんな、違います！」と、両手を振って否定した。

「そう？　この前、別所さんから聞いたんだけど、高史さん、デートの待ち合わせに遅れそうになって、メッチャ焦りながら会議を進めてて、それがすごく面白かったって。遅刻はしたけど、二人で食事には行ったんでしょ？」

「え、まぁ……デートではないですけど……」

　秘書のくせに口の軽すぎる武時に、心の中で溜め息をつきながら、倫子はうつむいた。

「あの高史さんが仕事よりデートを優先するなんて、翌日、嵐にならなかったのが不思議なくらいだ、って別所さんは言ってたよ。だから、高史さんにとって、倫子さんはきっと特別な存在なんだよ。実際、ご飯も、倫子さんが作ったものなら食べられるんでしょ？」

「はぁ……まぁ……」

　曖昧に答えながら倫子は、サンダルを履いた自分の足元を見つめていた。たまらなく恥ずかしくて、顔を上げられなかった。

「でも……高史さんが会議を急いだのは、単に約束を守りたかっただけだろうし、私の料理を食べてくださるのも、ご本人なりに、不健康な生活を改めたいゆえだと思います

「……」

倫子がそう釈明すると、美月は納得のいかない表情を浮かべた。

「もし高史さんはそうだとしても、倫子さんは？　高史さんのこと、いいなって思ってないの？」

「えっ⁉　それは、そんなこと……」

突然、本心を聞かれ、倫子はしどろもどろになった。

「ほらっ！　また顔が赤くなった」

「いえ、あの、高史さんは雇用主ですし、いろいろと立場もありますし、ええと、ええと……」

懸命に取り繕《つくろ》う言葉を探す倫子だったが、何も思い浮かばず、ついにうなだれた。

「すみません。もう、この辺で許してください……」

すっかりしおらしくなってしまった倫子に、美月は「うん。困らせてごめんね」と笑った。

ひとまず倫子が了承したため、美月はその足で倫子を暁也の元へ連れて行った。ドアから顔を出した暁也は、Tシャツにスウェットパンツ姿で驚いた表情を見せた。

「やったよ、アキ君。倫子さんがモデルを引き受けてくれたよ」

幼なじみのピースサイン付きの報告に、暁也はますます驚いた様子で、美月の隣で無言で佇《たたず》む倫子を見た。

「本当にモデルになっていただけるんですか？」

「はい。私でよければ……」

目を伏せたまま、倫子は控えめに答えた。暁也はまだ信じられないのか、口元を片手で覆ったまま、固まってしまった。

「で、どうする？　今日にする？」

黙り込む二人を見かねて、美月が暁也を促す。

「ああ、うん。できれば」

「何時に来てもらう？　あ、ていうか倫子さんて、お仕事は何時までなの？」

「七時ですが……」

高史の帰りに合わせて、夕食を用意する仕事は残っているが、それを除けば原則、七時までだった。

「じゃあ、それから自分の夕食を食べて、お風呂に入って……九時くらいかな？　どう、アキ君？」

美月に聞かれて、暁也は「うん……」と曖昧にうなずいた。その様子を見て、倫子が口を挟む。

「あ、でも、暁也さんのお夕食がいつも九時の予定ですけど」

「じゃあ、夕食の時間を早めたらいいじゃない。八時に食べたら？」

「うん」

「じゃあ、それで決まりだね。あ、倫子さん。モデルのときに着る服を、後で届けに行くから。それに着替えてここに来てね」

「あ、はい……」

「アキ君、時間はどのくらいかかる？　一時間くらい？」

美月の言葉に、暁也はまた小さく「うん」とうなずいた。

「じゃあ、時間はそれでよしとして、倫子さんって眼鏡なしでも平気？」

「えっ？　あ、はい」

「じゃあ、眼鏡なしにしよう。妖精だもんね。アキ君、メイクはどうする？　化粧はしてもらったほうがいいの？」

「それは……どっちでも……」

暁也が曖昧に答えると、美月は「じゃあ面倒だし、スッピンでいいか」と倫子に同意を求めた。

「あ、はい」

美月のペースで話は進んでいき、最後まで倫子は同じ返事を繰り返すことしかできなかった。

打ち合わせを終えると、美月はいったん帰宅し、倫子は急いで持ち場に戻った。絵のモデルになることを倫子から聞かされた啓子は心底驚いた様子だった。

「まぁ、珍しい。あの暁也さんがモデルを頼むなんて、よっぽど追い詰められているのね」

「はい。そのようでした」

「だけど、いいの？　高史さんの夕食の支度とは重ならない？」

「いえ、それは大丈夫です。今日はお帰りが早いと言ってましたので。ただ、私なんかがモデルで、ちゃんといい作品が描けるのかと、それが心配で……」

倫子の言葉に、啓子は明るく笑った。

「そこはほら、画家の腕次第でしょう。倫子ちゃんは、そんなことまで心配しなくて大丈夫よ」

「はい……」

「でもまぁ、夕食の時間が早まったのは、助かるわ。そのぶん、早く片づくしね」

啓子の本音に、倫子も笑顔で同意した。

倫子たちが夕食を済ませた頃、高史が帰宅した。

秘書の武時から鞄を受け取って、上がった高史に、「今日は何か召し上がりますか？」

と倫子がたずねた。すると、高史は背後を気にしながら、「後で言う」と倫子の耳元で囁《ささや》いて自室に向かった。

高史が自室に戻り、武時も倫子に挨拶して帰ろうとした。その背中に倫子は「あ、別所さん」と声をかけた。「シュークリームがあるんですけど、召し上がっていかれませんか」

「え、ホント?」

武時は少年のような笑顔になり、「どこのシュークリーム? ひょっとして〝プティ・フルール〟?」と弾んだ声で聞いた。

「はい。ブルーベリーのシュークリームです」

「やったー。じゃあ、車を裏に回してくるね」

そう言って、武時はいったん外に出て行った。

表玄関を施錠してから、倫子はそのまま高史の部屋へ向かった。彼女が来ることを予想していたのだろう。ノックをすると、高史は着替えもせず、スーツ姿のまま顔を出した。

「別所は帰ったか?」

いきなりたずねられて、倫子は面食らいながらも、「いえ。今、キッチンでお茶をされていると思います」と答えた。

　すると高史は舌打ちして、「用が済んだらすぐに帰ればいいものを」と苦々しげに呟いた。

「あの……」

「メールでいいから、あいつが帰ったら教えてくれ」

「あ、はい。それで、あの、お夕食は……」

　高史はそれには答えず、廊下を見回すと、「ちょっと中に入ってくれ」と言って、倫子を自室に引き入れた。

　訳がわからず、倫子が戸惑っていると、高史は「先週の金曜日のことだが、その……あいつに食事を作ったそうだな」と、言いづらそうに切り出した。

「はい。お夕食抜きで、お腹がペコペコだとおっしゃったので、中に上がっていただき、ホットサンドを作って差し上げました」

「そうか……。君も、余計なことをしたな」

　あのとき、美味しそうに食べていた武時の姿を思い出しながら、何が余計なのかと倫子は首を傾げた。

「食材は従業員用のものを使いましたし、お出ししたコーヒーも、私たちが普段飲んでいる豆なので、問題なかったと思うのですが……」

　倫子の言葉に、高史は慌てて「いや、それはいいんだ」と片手を上げた。

「ただ、問題は、あいつがそれをやたら自慢してくることだ」

「え？」

「店で食べるものより百倍美味かったとか、あれは一度食べておかないととか、とにかく鬱陶《うっとう》しい」

「はぁ……」

「だから、俺も一度食べておかないと、あいつを黙らせることができない」

ようやく事情がのみ込めて、倫子は笑みをもらした。

「では、今夜の食事はホットサンドにされますか？」

「ああ、そうしてくれ」

高史はバツが悪そうに答えた。

倫子はそんな高史の態度を可愛らしく思いつつ、笑顔で「はい」と返事をした。

キッチンに戻ると、武時はちょうどシュークリームを食べ終えたところで、「あまり長く路上に駐車しておくとまずいから」とすぐに帰っていった。

約束どおり、倫子は高史にメールを打つと、食事の準備を開始した。すると、啓子から「ひょっとして高史さんの？」と声をかけられた。

「はい。あ、でも、ホットサンドですから、すぐに作れます」

「ああ、そう。でも、お風呂に入るのが遅くなっちゃうわね」

倫子は壁の時計に目をやった。

「あと一時間あるので大丈夫です」

「じゃあ、私は部屋に戻るけどいい？」

「はい。お疲れ様でした」

キッチンを出ていく啓子を笑顔で見送ると、倫子は冷蔵庫のドアを開いた。

先日、武時に出したホットサンドは、ハムとチーズとレタスを挟んだシンプルなものだったが、高史にはもう少し手の込んだものを出したかった。

具材を決めると、先にコーヒーを淹れ、柔らかめのスクランブルエッグを作り始めた。

まもなく着替えを済ませた高史が現れた。

「みんな、自分の部屋に戻ったのか？」

倫子は「はい」と答えると、パンに具を挟んで、直火式のホットサンドメーカーで焼き始めた。

「うちにそんな器具があったのか。ホットサンドなんて一度も食べたことがないが」

「そうなんですか？　暁也さんのお昼には、たまに出してるみたいですけど」

そんな会話を交わしているうちに、あっという間にパンは焼き上がった。

倫子はこんがり焼けた食パンを斜めに切り、ナイフとフォークを添えて、高史の前に差し出した。

「どうぞ」

「うん」

カウンターで向かい合い、倫子は「別所さんに食べていただいたものより、凝ったものにしました」と笑いかけた。

「そうなのか？」

「はい。別所さんのは、ハムとチーズとレタスだけでしたけど、今日のはチリソースを利かせたピザふうの味つけで、チーズとハムに加えて、キャベツとスクランブルエッグを挟んであります」

「ふーん……」

いったんナイフとフォークを手に取った高史は、思い直したようにそれを元に戻し、直接、ホットサンドに齧《かじ》りついた。

最近は倫子も慣れてきて、すぐには感想を聞かない。後片づけをしながら、高史が食べ終わるのを静かに待った。

すると、まだたずねもしないのに、珍しく高史が「美味い」と声をもらした。

「えっ？」

倫子は思わず顔を上げ、高史の横顔をまじまじと見つめた。

「たしかにこれは美味いな。シンプルな具材なのに複雑な味わいだ」

「それはよかったです……」

　倫子は顔を赤らめてうつむいた。

「朝食にも夜食にもいいな。ほかにどんな具を挟んだりするんだ？」

　いつもは口数少ない高史だが、よほど料理に感心したのか、今日は食べてる途中にもかかわらず饒舌《じょうぜつ》だった。

　倫子は「基本、何を挟んでもいいと思いますけど……」と前置きしたうえで、思いつく限りの名前を挙げた。

「ミートソースにマッシュポテトとか、アボカドとトマトとエビとか……」

　彼女の話を真面目に聞きながら、高史が「次はスモークサーモンとアボカドの、サラダふうのやつが食べてみたいな」と言った。

「それなら、一緒に挟むのはクリームチーズがよさそうですよね」

「うん。ああ、ツナもいいな。ツナとレタスと玉ねぎを挟んだやつ」

「レタスを後で挟むと、シャキシャキ感も楽しめそうですね」

「うん」

　高史も素直にうなずいた。

　そんな和やかな雰囲気で話をしていると、いきなり「わっ！」という声がして、二人は固まった。

倫子が振り向くと、いつの間にか勝手口のドアの所に、美月が立っていた。

「あ、美月さん」

「うわぁ、驚いた。間違えて、新婚さん家《ち》のドアを開けたかと思っちゃった」

「美月さん！」

倫子が顔を真っ赤にして睨むと、美月は「軽い冗談でーす」と笑ってごまかした。

途端、仏頂面に戻った高史が、「こんな時間に何の用だ」と聞いた。

美月は年上の幼なじみに赤い舌を出し、「高史さんに用はありませーん」と、子供のような反応をして見せた。そして勝手知ったる他人の家に、断りもなく上がり込み、「倫子さん、ちょっとこっち来て」と倫子の手を取って、強引に廊下に連れ出した。

「なんなんだ……」

一人残された高史はそう呟くと、少し冷めてしまったホットサンドを寂しく口に運んだ。ついさっきまで楽しかった食事が、急に味気ないものに変わってしまった。

一方、美月は弾んだ声で、「これ持ってきたの」と廊下で倫子に紙袋を差し出した。

「白いワンピース。モデルをするときは、これを着てあげて」

「えっ⁉　白……」

思わず倫子が困った顔をすると、美月が「えっ、嫌？」と呟いた。

「嫌では……」

倫子は曖昧に言葉を濁し、目を伏せた。

「アキ君が、できれば白い服を着てほしいって言ってたの。私のリゾートドレスなんだけど、サイズは合うと思うの。あと、生地は薄いけど七分袖だから、たぶん寒くないと思う」

「……わかりました」

Ｋに禁じられていた白い服だったが、暁也自身が望んでいるのに加え、理由も言わずに断るのも不自然なことから、倫子は紙袋を受け取った。美月は「面倒なことばかり頼んでごめんね」と言うと、そのまま帰っていった。

倫子がキッチンに戻ると、高史はすでに食事を終えていた。

「あいつ、なんの用だったんだ？」

「え……あの、私に服を貸してくれたんです」

あえてその用途は伝えずに、倫子は答えた。

「ふーん。二人で食事に行った日も、昼間はあいつと一緒だったようだし、ずいぶん仲がいいんだな」

「そうですね。同い年だけど、なんだか妹ができたみたいで嬉しいです」

倫子が正直な気持ちを口にすると、高史は口元を緩めた。

「たしかに君はやけに大人びているし、あいつはかなり子供っぽい」

その感想に、倫子は「この前は私を童顔だって、馬鹿にしたのに」と笑った。

「あれは君が俺を老け顔だと言ったから」

「老け顔だなんて言ってません。スーツ姿だと四十歳くらいに見えると言っただけです」

食器を片づけながら、倫子はそう言い返した。

「十歳も上に見られたら、老け顔と言っているのと同じだ」

「大丈夫です。今は年相応に見えますから」

私服姿の高史をからかうように、倫子は笑いかけた。


高史に出した食器を片づけ、カラスの行水の早さで入浴を終えた倫子は、ためらいながらも借り物のワンピースに着替えた。念のため、風呂へ行く前に、Kにメールを送って確認を取った。

『暁也さんの絵のモデルを務めることになりました。その際、白い服を着るよう要望されました。構いませんか?』

いちいちお伺いを立てる自分が不快だったが、Kの意図が読めない上に、白禁止の理由もわからない現状、確認しておかなければ不安だった。

けれども、Kの返答は予想外のものだった。

『どうぞ』

返信されてきたのは、たったの三文字。こんなに簡単にＯＫするなら、なぜ白を禁止にしていたのか。倫子は深呼吸をして苛立ちを鎮《しず》めてから、暁也のもとへと向かった。

四月も後半に入ったとはいえ、この時間ともなると、夜気は素肌に冷たく、自然と早足になった。足の傷はすっかり癒えて、痛みはもうなかった。

離れのドアをノックすると、待ちかねていたようにドアが開いた。白いドレス姿の倫子を見て、暁也が目を見開く。

「……本当に来てくれたんですね」

倫子は「お約束しましたから」と真顔で答えた。暁也はいつもどおりの静かな声で、「ありがとう。助かります」と礼を言うと、倫子を部屋に招き入れた。

部屋の明かりは消えていた。暁也はカーテンを開けて月の光を入れ、棚の壁に掛かっていたランタンの明かりを灯した。

「あの、私はどうすれば……」

部屋の真ん中に素足で立ち、倫子はためらいがちにたずねた。暁也はすでに普段見たことのない絵描きの顔になっていて、立ち尽くす倫子と周囲の景色をじっと見つめた。

「もう少し窓際に寄って。そう。その辺りで立ったまま、窓の外を見てもらえますか」

言われたとおりの位置に移動して、倫子は窓に顔を向けた。

空には月が浮かんでいた。今日の月は立待月《たちまちづき》で、まだ満月の明るさを残していた。天窓からほのかな明かりが射し込み、足下に淡い影を作りだす。

横目で暁也の様子をうかがうと、すでにスケッチを始めていた。B４サイズの大きなスケッチブックを広げ、ドイツの有名メーカーの鉛筆を手に、真剣な眼差しで倫子を見ている。

倫子は慌てて視線を窓の外に戻し、暁也専用の庭を見やった。闇の中、窓からもれる明かりを受けて、名前も知らない白い小さな花が咲いているのが見えた。昨年末に美術館で見た魁夷の絵と、目の前の月明かりに染まる庭はよく似ている気がした。

美しい絵画を鑑賞するときと似た気持ちで、倫子は黙って庭を見つめ続けた。穏やかで、音のない静かな時間がゆっくりと過ぎていく。

卓上の小さなデジタル時計が小さく鳴った。まもなく、暁也がスケッチブックと鉛筆を置いた。

「お疲れ様でした」

「終わりですか？」

倫子がたずねると、暁也は「はい」と笑顔で答えた。

「お陰様で、久しぶりに筆が進みました。明日は椅子に座ったポーズをお願いします」

「えっ？」

てっきり、モデルになるのは今日一日だけだと思っていた倫子は、思わず声を上げた。

「ダメですか？」

「え、いえ……」大げさな反応をした自分を恥じて、倫子は目を伏せた。「すみません。一度きりだと思っていたので……」

倫子の言葉に、暁也は黙り込んだ。気まずい空気の中、「やっぱり負担ですよね……」と、暁也が呟く。

「いえ、そんな……」

暁也のもとに歩みかけた倫子は、テーブルの上に置かれたスケッチブックに目を奪われ、足を止めた。

「これ、本当に今、描かれた絵ですか？」

「はい」

倫子は思わずスケッチブックを手に取り、じっと見つめた。

「すごい……。たったあれだけの時間で、こんなきれいに描けるものなんですね」

倫子は感嘆の声をもらした。ラフなデッサン画だったが、鉛筆の黒一色しか使われていないそれは、細かな濃淡で光と影が繊細に表現され、窓辺に立つ女性と景色が美しく幻想的に描かれていた。

倫子はしばらくその非現実的な世界から目を離すことができなかった。そんな倫子に、暁也が遠慮しながら話しかける。

「それであの、明日は……」

倫子は我に返って、絵に向けていた視線を暁也に向けた。

「明日も同じ時間でよろしいですか?」

その返事に、暁也はホッとしたように微笑んだ。


倫子は連日、暁也のアトリエに通った。二日間とも高史の帰りは十一時を過ぎたため、予定どおり、九時からきっちり一時間、モデルとしての仕事をこなした。

そして、木曜日の夜。高史が珍しく八時前に帰宅した。昼食を取るのが遅かったこともあり、倫子に夕食を何時にするか聞かれ、「いらない」と答えたものの、九時を過ぎた頃から急激に空腹を感じ始めた。

以前は食が細く、一食くらい抜いても平気だった自分が、人並みに一定の時間が経つと腹が空くというリズムができつつあることに、高史は自分でも驚いていた。倫子のおかげとしか言いようがなかった。

いったん断った手前、仕事を終えて休んでいる倫子に、今から料理をお願いするのは気が引けた。かといって、最近はレトルト食品の塩気や油、化学的な味に敏感になってしまい、まるで食べたくなかった。

明日の朝食はすでにホットサンドをリクエストしてあった。それを楽しみに、ビスケットか何かで我慢しようと、高史はキッチンへと向かった。

するると、常夜灯の灯る廊下を抜けた所で、視界の隅に白い影が映った。驚いて立ち止まると、その白い影は庭を通って、高史が向かおうとしているキッチンに駆けていった。

「今のは……」

自分が目にしたものが信じられず、高史も慌ててキッチンに向かった。そして、無人のキッチンに入るなり、電気のスイッチを点けた。

そのとき、ちょうど勝手口から入ってきた倫子は、突然明かりが灯ったことに驚き、その場で固まった。

「やはり、君か……」

「高史さん！」

高史は目の前の倫子を、信じられない気持ちで見つめていた。眼鏡を外し、背中で揃った長いストレートの黒髪を揺らし、白いドレス姿の倫子は、普段と別人だった。

「こんな時間に、そんな格好でどこへ……」

そこまで言いかけて、高史は気づいた。庭を通って行き来する場所は一つしかない。

「あいつの……、暁也の所に行っていたのか？」

倫子はすぐに答えられなかった。だが、何も答えないことがすべてを語っていた。

「いったいなぜ……。いや、いつ、あいつとそんな関係に……」

衝撃を受けている様子の高史に、慌てて倫子は「違います！」と叫んだ。

「別にやましいことはしていません。絵のモデルを頼まれただけです」

「絵のモデル？　あいつが君にモデルを頼んだと言うのか？　まさか、信じられない」

「でも、本当なんです」

誤解を解くため、倫子はモデルを引き受けるに至った経緯を高史に一から話した。

「つまり、あいつがスランプだから、それを助けるためにモデルを引き受けたということか？」

「そうです」

「だからといって、こんな夜遅くにそんな格好で……」

「夜のイメージの絵らしいので……」

倫子がうつむくと、高史はしばらく沈黙した後、ポツリと「ずいぶんお人好しだな」と呟いた。

「絵が描けないなんて、あいつの甘えでしかない。あんな奴のわがままに付き合って、仕事を終えた後もモデルを務めるなんて……」

その言い様に、倫子は少しムッとして言い返した。

「作品をゼロから生みだすのって、大変なことなんだと思います。暁也さんは才能がありますし、その仕事のお手伝いができるなら、こんなの苦労でもなんでもありません」

思いがけない倫子の反撃に、高史は一瞬言葉を失った。

しかし、倫子の挑むような視線にさらされるうちに、言葉にならない怒りが込み上げてきた。高史は「そうか」と吐き捨てると、倫子に背中を向けた。

「なら好きなだけ、あいつの創作活動に付き合ってやればいい。そっちで忙しいようなら、俺の食事係も辞めて専念したらいい」

「な……」

喧嘩《けんか》腰の捨て台詞を吐いて、キッチンから出て行く高史の背中を、倫子は呆然と見送った。扉が閉まり、一人になっても、しばらくその場に立ち尽くしていた。

「な、なんなの、あの言い草……。ほとんど逆ギレじゃない」

口では高史への憎まれ口を叩くものの、涙が込み上げてきて頬を濡らした。

「嫌だ。なんで涙が出るの……」

その理由《わけ》にうすうす気づきながら、倫子は自室に駆け込み、そのままベッドに倒れ込んだ。

「何よ！　高史さんの馬鹿。馬鹿長男。大馬鹿野郎……」

ベッドにうつ伏せたまま、感情のままに〝馬鹿〟を連呼する。

「なんでちゃんと私の話を聞かないのよ。なんで逆ギレしてるのよ。三十過ぎてるくせに。老け顔のくせに、全然ガキじゃないの……」

兄弟間で会話はほとんどなく、仲はあまり良くないという話だった。そんな弟のところに、自分の雇った家政婦がモデルとして通っているのが気に入らないのだろうと、倫子は解釈した。

そこに嫉妬という感情が含まれていることまでは、思いが至らなかった。だから、なおさら高史の冷たい態度は、倫子にとってショックだった。

高史に、嫌われた。

倫子は単純にそう思った。そして、そう思うと、また涙が溢れて止まらなくなった。

安易にモデルを引き受けたことを悔やみながら、倫子はようやく自分の気持ちに気づいた。高史を〝好き〟という気持ちに――。

翌朝、いつもどおり倫子は、高史が朝食に現れるのを、キッチンで待っていた。しかし、その気配は一向になかった。今日が祝日だからといって寝坊していることは、あの高史に限ってあり得なかった。

捨てられた子犬の気分で、倫子は一人で朝食を済ませ、普段の仕事に取りかかった。

ゴールデンウイークに入ったため、昨日から啓子と富三は留守で、倫子も三日後から休みをもらうことになっていた。

洗濯機を回して、ぼーっとしていると、エプロンのポケットでスマホが震えた。画面を見ると、兄の千聖からの電話だった。

投げやりな気分で電話に出ると、「倫子、元気か?」と懐かしい声が耳元で聞こえた。

心は元気ではなかったが、何も知らない兄に愚痴れるような話でもなく、倫子は適当に返事をした。

「元気だよ。お兄ちゃんとお義姉さんは?」

「元気だ」

「そう、よかった」

通り一遍の挨拶を交わすと、倫子は「それで、何か用?」と話を振った。

「うん。大したことじゃないが、一応、お前の耳にも入れておこうと思ってな」

千聖がこんな前置きをするのは珍しかった。だから余計に、倫子はそこに深刻な空気を感じ取った。

「……何があったの?」

「昨日、大川君から電話があった」

「え?」

倫子は聞き間違えかと思った。千聖は口調を変えることもなく、淡々と続けた。

「夜の八時頃かな。珍しく家の電話が鳴って、出たら彼だった」

「嘘……」

兄がこんな冗談を言う人間でないとわかっていても、倫子は思わずそう聞き返していた。

「お前の携帯に電話をかけたが、繋がらなかったって。お前の新しい連絡先を教えてほしいって頼まれた」

「そんな……どうして今頃になって……」

「わからん。俺も、いまさら倫子に何の用だと言ってやった。一度会って詫びたいと泣きつかれたが、倫子のほうはお前にもう用はないと一喝して、すぐに電話を切った」

「この番号は？」

「もちろん、教えていない」

その答えに、倫子は胸を撫で下ろした。

「そう。ありがとう」

「当然だ。お前だって、あいつの顔なんて見たくもないだろ」

「うん……」

複雑な気持ちで、倫子は曖昧にうなずいた。

悟に会いたいとは思わなかったが、今となっては、逃げるように姿を消したことを責める気にもならなかった。傷つきもしたが、その後に長く続いた痛みは、悟を失った失恋の痛みではなく、家庭を持つ夢を失った喪失感から来るものだった。少なくとも、倫子の中では、そう心を整理していた。

悟を愛してるから結婚したかったわけじゃなくて、家庭に向いている男だから結婚したかっただけだということに、皮肉にも別れによって、倫子は気づいた。そう考えると、幸運だったのか、不幸だったのかはわからない。ただ、自分が打算的な人間であることがわかって、自己嫌悪の情は否応にも増した。

「どうだ、家政婦のほうは順調か？　いきなり住み込みで働くって聞かされて、本当に驚いたんだからな」

「大丈夫。家の人もいい人ばかりだし、すごくよくしてもらってる」

「まあ、お前は昔から家事が得意だったもんな。いわば天職か」

「それを言うなら、お兄ちゃんは昔から勉強を教えるのが上手だったから教師は天職だよね」

〝昔〟という言葉で、倫子はふと父のことを思い出した。

「ねえ、お兄ちゃん」

「なんだ？」

「お兄ちゃんは大きかったから、お父さんのこと、いろいろ覚えてるんでしょ？」

「えっ……」

「お父さんって、どんな人だったの？」

「それは……」

唐突《とうとつ》にたずねられたせいもあるのだろう。ハッキリした物言いをする千聖としては、珍しく歯切れが悪かった。

「まぁ……普通の人だよ。普通の親父だ」

「優しかった？　厳しかった？　私が生まれてすぐにお父さんとお母さんが別れちゃったから、私、お父さんのこと、全然覚えてないの」

「……まぁ、優しかった、かな」

千聖の声色から、嘘ではないように倫子は思った。

「ねえ、お父さんとお母さんはどうして離婚したの？　お母さんに聞いても絶対教えてくれなかったでしょ。お兄ちゃんも、昔は知らないって言って、答えてくれなかったけど、本当は知ってるんでしょ」

「倫子、お前、どうしたんだよ。いきなり」

「別に……。ただ、自分の親のことだもん。少しは知りたいだけ」

倫子がきっぱりと言うと、千聖は「そうか……」と軽くため息をついて話し始めた。

「父さん、騙されて他人の保証人になって、大きな借金を背負わされた挙句に、とんずらされたんだ。それで、家にまで借金取りが来るようになった。柄の悪い連中が毎日うちへ来て、母さんだけでなく、俺も恫喝《どうかつ》された。だから父さんは、家族に迷惑をかけないよう離婚して、家を出たんだ」

「父さんが家を出てから会ったことはないの？」

「一度も会ってない。会ってまた、俺達を巻き込むことを、恐れたんだろうな。……俺が教えられるのは、そのくらいだ」

「そう……」

千聖の話はKの言っていたこととおおむね同じだった。倫子は「教えてくれてありがとう」と礼を言って電話を切った。

倫子は重い気持ちのまま、暁也の昼食の用意を済ませ、離れに向かった。いつものようにに食事をポストに入れようとすると、突然内側からドアが開き、暁也が姿を見せた。

倫子は驚いて、トレーを手にしたままその場で固まった。すると、暁也は澄み切った笑顔を見せた。

「お早うございます。といっても、もう昼ですけど」

「あっ、お、お早うございます」

倫子も慌てて挨拶を返し、「こ、これ、お食事です！」とトレーを差し出した。

「ありがとうございます。ホットサンドですか？」

「あっ、はい」

「美味しそうですね。いただきます」

倫子はやるせない気持ちで笑顔を返した。今朝、高史に作ろうと思っていたのと同じメニューを、暁也が喜んで受け取ってくれたことがひどく虚しかった。それと同時に、兄の残り物を弟に押しつけたような気もして、小さな罪悪感を覚えた。

「あの……」罪滅ぼしのつもりで、倫子はたずねた。「お夕食は、何を召し上がりますか？　リクエストがあれば、それをお作りいたします」

「え、いいんですか？」

暁也は素直に嬉しそうな顔をして、「じゃあ、子供っぽくてお恥ずかしいんですが……」と言って、ハンバーグを頼んだ。その可愛いリクエストに、倫子は小さな笑みをこぼした。

絵のモデルを務めたことで、今まで暁也との間に立ちはだかっていた壁は消えた気がした。少々頼りなくはあるが、暁也は十分に魅力的な男性で、彼のように優しく穏やかな相手と恋ができたらどれほど素敵だろうと、倫子は思った。

でもそれは、恋を知らない少女が抱くような、淡くあやふやな憧れに近い想いだった。しかも、暁也には美月がいる。倫子の中で暁也は恋愛相手としても、Kの言う誘惑の対象からも外れていた。

それゆえに夜二人きりになる機会に恵まれても、心は騒がなかった。純粋にモデル、そして上石家の家政婦として徹することができた。

じつのところ、穏やかで物静かな暁也の人柄は倫子の好みのタイプだった。それに比べて高史は冷たそうで、ぶっきらぼうで、偉そうで、恋愛対象としては一番避けてきたタイプの人間だ。

にもかかわらず、今、倫子が一番笑顔を見たい相手は兄の高史のほうだった。人生の中で初めて倫子は、恋に落ちるのに条件や好みなんてなんの関係もないことを知った。

キッチンに戻って冷蔵庫の在庫チェックをしながら壁の時計に目をやると、午後一時になろうとしていた。絶対に起きているはずなのに、高史が部屋から出て来る気配は一向になかった。

このまま一日を終えるのが嫌だった倫子は、断られたら自分で食べる決心で、高史の昼食を用意した。

勇気を振り絞って部屋へ向かい、ドアを三回ノックした。コーヒーとホットサンドの載ったトレーが小刻みに震える。

少し間があってからドアが開いた。倫子を見て、高史は少し意外そうな顔をした。けれども、すぐにいつもの仏頂面に戻り、「何の用だ」と低い声で言った。

「あの、ホットサンドを作ったんですが、召し上がりませんか？」

高史は「いる」とも「いらない」とも答えずに黙り込んだ。しばらく、倫子は返事を待つが、長い沈黙が続いた。時間とともに不安を募らせた倫子は、我慢できずに先に口を開いた。

「あの……」

そこでようやく高史は、「ああ」と我に返ったように呟いた。

「すまない。もらおう」

「えっ？」

意外な返事にポカンとする倫子の手から、高史は黙ってトレーを受け取った。

「なんだ？」

聞き返されて、倫子は慌てて「え、いえ……」と一歩下がった。拍子抜けした気分で

「食べ終えた食器は廊下に出しておいてください」と言うと、高史は特に苛立っているような様子も見せずに、「ああ」と返事をして、部屋の中に戻っていった。

倫子は閉まったドアの前で、しばらく立ち尽くしていた。どれだけ嫌味な態度を取られるかと覚悟していたのに、高史から怒りの感情はまったく伝わってこなかった。昨日の逆ギレはなんだったのか疑問は残るものの、高史の機嫌が直ったのならば、それに越したことはない。

倫子はそれ以上、あえて考えないようにして、キッチンへと戻った。急にやる気が出てきて、休憩も取らずに次の仕事に取りかかった。

実際、まごまごしている時間はなかった。連休明けすぐに久雄の誕生日が待っていて、客を迎えるため、この休み中にちょっとした大掃除を済ませる話になっていたからだ。倫子の進みが遅いと、入れ替わりで戻ってくる啓子に負担をかけてしまう。

それにしても、まさか六十歳を超えても誕生日会を開く人がいるとは、倫子には信じられなかった。

子供の頃、倫子は誕生日会を開く同級生をうらやんでいた。貧しく狭いアパート暮らしでは、とても自宅に友達を招く気になどならず、逆に誕生日会に呼ばれたとしても、着ていくよそ行きの服もなかった。

兄が働き始めるまで、経済的にほかの家との違いを見せつけられていた倫子にとって、上石家の暮らしぶりや出来事は別世界の話だった。ただ、こんな大きくて立派な家に住み、家政婦と運転手を雇うような生活をしていても、なぜだかこの家の人たちは、誰一人幸せそうに見えない。

上石家に比べればずっと慎ましいが、共稼ぎで頑張り、念願の一戸建てを買った兄夫婦のほうが、よほど幸せに暮らしているように思えた。お金がないことは不幸だが、お金があるからといって幸せになれるとは限らないことを、倫子は痛感していた。

もし、あのまま悟と結婚していたら、どんな未来が待っていたのだろう。そこに幸せはあったのだろうか。

そんなことを思いながら、倫子は和室の柱を熱心に磨いていた。

そこにちょうど、トレーを手に高史が廊下を通りかかった。気づいた倫子はその場に雑巾を置いて、高史の元へ駆け寄った。

「お下げします」

しかし、高史はその申し出を断り、食器を渡そうとしなかった。

倫子は自分が掃除中だったことに気づき、潔癖症の高史を安心させるため、「大丈夫です。トレーもちゃんときれいにしますから」と笑顔で言った。

すると、高史が「え？」と声を上げ、倫子も「え？」と目を見開いた。

「だから、あの……掃除中でしたけど、受け取ったトレーも、ちゃんと消毒しておきますから」

「何を言っているのかわからないが、君は今、掃除中なんだろ。これは俺がキッチンまで運んでおく」

そう言って、高史は譲らない。倫子も「食器をお下げするのは私の仕事ですから」と引き下がらない。

「仮にそうだとしても、これは俺が運ぶ」

「結構です。それともキッチンに御用がおありですか？」

「いや、特にない」

「だったら……」

倫子がなおも抵抗しようとすると、高史が「だから――」と声を荒げた。驚いて動きを止めた倫子を見て、高史は気まずそうにすぐ声のトーンを落とした。

「……せめてこのくらいさせてくれないか」

「え？」

「……昨日の、詫びだ」

「……」

「昨日の俺はどうかしてた。不快な気持ちにさせたなら謝る」

「あっ……」

そこでようやく倫子は、高史が昨日の態度について詫びていることに気づいた。

「許してくれるか？」

「そんな。許すだなんて……」

倫子は頭の中が真っ白になりながら、慌てて頭を下げた。

「こちらこそ、昨日は生意気な態度を取って、申し訳ありませんでした」

「いや、悪かったのは俺だ。君の立場も考えず、一方的すぎた。もし、許してくれるのなら、これからも俺に食事を作ってほしい」

倫子は震えそうな声で「はい」と答えた。涙がこぼれそうになったが、それを瀬戸際で堪えて笑顔を作った。

　倫子の笑顔を見て、やっと高史も表情を緩めた。

「ところで、君は今、休憩時間のはずじゃないのか。なぜ一人で掃除を?」

「今日、明日と大河原さんはお休みですので、ここの掃除が一区切りしてから休むつもりでした」

「そう言えば、嘉川も休みだったな。なら、夜は俺たちだけなのか……」

「えっ、あっ、暁也さんがいらっしゃいます」

「ああ、そうか。そうだな。あいつがいたな」

　高史は珍しく苦笑いを浮かべて、少し決まりが悪そうに続けた。

「それじゃあ、あいつの夕食も君が用意するのか?」

「はい。ハンバーグをリクエストされたので、その予定です。高史さんはどうされますか?」

「俺は……スープだけでいい」

　高史が歩き出したので、倫子もその隣をついて歩いた。

「では、野菜を多めに入れたコンソメスープを作ります。よろしいですか?」

「うん、それでいい。それにクラッカーとコーヒーもつけてくれ」

「わかりました」

キッチンに着くと、高史がトレーを持ったままシンクに向かったので、倫子は「ここからは私が」と声をかけた。

今度は高史も素直に食器を渡した。すると、そのタイミングで勝手口が開いた。

「わぁ」

美月の声に、高史と倫子が同時に振り向いた。

「今日も新婚さんごっこしてたの？」

シンクの前に並ぶ二人を見て、美月はからかうように言った。無言で睨む高史を気にも留めず、美月は倫子と話し始めた。

「アキ君に差し入れを持ってきたの。倫子さんの分もあるから食べて。〝カトルセゾン〟のチーズケーキだよ」

そう言って美月は手にしたケーキ箱を掲げて見せた。それは、人気洋菓子店の一番人気のベイクドチーズケーキだった。

「わ、ありがとう。五つもある」

「うん、アキ君と私と、倫子さんと大河原さん、それと嘉川さんの分だよ」

それを聞いて倫子が申し訳なさそうに言った。

「ごめんなさい、美月さん。啓子さんと嘉川さんは、明後日までお留守なの」

「あっ、そうか。ゴールデンウイークだもんね。じゃあ、倫子さん二つ食べていいよ。

私も二つ食べるから」

「……お前、さっきから完全に俺の存在を無視してるな」

それまで黙って聞いていた高史が不服そうに口を挟んだ。美月がそれに返す。

「えっ⁉　だって高史さん、ケーキとか食べないでしょ？」

「いつ、誰が、そんな事を言った？」

「だって大河原さんも、あの人の分はいいからっていつも言ってるし」

「だから、俺がいつ、ケーキは食べないと言った？」

「いるの？」

改めて問われた高史は、一瞬、倫子に目をやってから答えた。

「ああ」

その視線の動きに気づいた美月は、意味ありげに「ふーん」と一人うなずくと、倫子に笑顔で向き直った。

「じゃあ倫子さん、とりあえず、高史さんと倫子さんの分を取って」

「あ、はい」

倫子は慌てて手を洗い、ケーキ皿に二人分のケーキを載せた。

「じゃあ今から、アキ君の部屋に行ってくるね」

美月は中身が三つに減ったケーキの箱を手に、勝手口から出ていった。

嵐が過ぎ去った後のようなキッチンで、倫子はためらいがちに高史に言った。

「新しくコーヒーを淹れますから、こちらでケーキを召し上がりませんか？」

高史は「ああ」とうなずき、素直にダイニングテーブルに腰掛けた。そして倫子がコーヒーを淹れる姿を、じっと見つめた。

今日の倫子のファッションは、パステルブルーのエプロンの下に、グレーのＴシャツとジーンズという相変わらず地味なものだ。化粧っけもなく、黒髪を無造作に後ろで結び、黒縁眼鏡を掛けている。

それなのに、笑顔でコーヒーを淹れるその姿を、高史はこのうえなく可愛らしく感じていた。今すぐ後ろから抱きしめたいほどだった。

しかし、今の自分の立場からすれば、ここで倫子に言い寄るのはセクハラ行為のように、高史には思えた。昨夜の嫉妬からの暴言も、見ようによってはパワーハラスメントとも言えなくはない。

ここで軽率な行動に出て、倫子に嫌われたくはないし、辞められるようなことは避けたかった。もし行動に移すときが来るとすれば、それは、この感情が一過性のものでなく、本物だという確信が持てたときだと、高史は思った。倫子のことを大切に思うからこそ、慎重にならざるを得ない。

そんな高史の想いも知らず、倫子は柔らかな笑みを彼に向けた。

「高史さんと美月さんって、仲がいいんですね」

倫子の意外な発言に、高史は聞き返した。

「さっきのやり取りから、どうやったらそういう結論が導き出せるんだ?」

「だって、お互いにまったく遠慮がないじゃないですか。まるで本当の兄と妹みたいで、見ていて微笑ましいです」

「微笑ましい?」

一瞬、間があった後、高史は「君はおそらく、性善説を信じて生きているんだろうな」と少し呆れ気味に言った。

「それは違います」倫子はニコニコしながら反論した。「誰もが善人だなんて思っていません。むしろ人間はもともと、利己的で残酷な生き物だと思っています」

「……」

「自分がそうだからよくわかります。私はよく人から、優しいとか、いい人だとか言われてきましたけど、それは間違いで、ただ単に周りから悪く思われたくないだけなんだってことに、最近、気づきました。私の行動原理は保身から来るものです。世の中の〝いい人〟の大半はそうだと思います。だから、私は性善説よりも性悪説を支持します」

意外なほど自虐的な倫子を、高史は驚いた顔で見つめた。

「私より高史さんのほうがよほどいい人です。正直だし、飾ったことも言わないし、そのほうが人として信頼できる気がします」

「いや、それは……」

言いかけた言葉を、高史はのみ込んだ。〝俺だって、君に嫌われないように本音を隠している〟と伝えたかった。でも結局、「ありがとう」とお礼を言うことしかできなかった。

「俺を〝いい人〟なんて言ったのは、君が初めてだぞ」

倫子はクスクス笑い、「みんな、知らないだけです」と言った。倫子の言葉は、思いがけず高史の心を和ませた。これまでの自分は倫子に対しても威圧的で、鼻持ちならない嫌な男に思われていると覚悟していたが、ひとまず嫌われていないだけでもよかったと安堵した。

と同時に、高史は〝いい人〟から〝いい男〟に昇格するにはどうすればいいのか、見当がつかなかった。取引先との交渉を有利に進めたり、業務の効率化を図ったりするのはお手の物だが、女性の口説き方となると難問だった。

「どうぞ」

倫子が淹れたてのコーヒーとケーキを、高史の前に差し出した。倫子の分が用意されていないことに気づいた高史は、「君は食べないのか?」と倫子にたずねた。

「えっ、あ……」

さすがに雇い主と同じテーブルでお茶をするのは図々しいと思い、いったん遠慮した倫子だったが、高史の真っすぐな視線に促され、急いで自分の分のケーキとコーヒーをテーブルに運んだ。

六人掛けのテーブルに高史と向かい合って座り、妙な気恥ずかしさを覚えながら、倫子はケーキにフォークを入れた。

「ん……美味しい」

倫子の笑顔を見た後で、高史もケーキを一切れ口に運んだ。市販のケーキを食べるのはいったい何年ぶりだろうと思いながら、ゆっくりと咀嚼した。

「うん、美味いな」

「はい。ここのチーズケーキは絶品です」

「そうなのか」

いつもどおりの二人らしい会話だった。淡々と話し、淡々と食べる。

皿の上からケーキが姿を消すと、高史は小さく息をついた。

「大丈夫ですか？」

気遣う倫子に、高史は静かに「うん」と答えた。

「……不思議だな。以前の俺からは、考えられないような変化だ」

「よかったです」

嬉しそうに笑顔を見せる倫子を見て、高史もかすかに笑みを浮かべた。

そしていきなり、「俺は君に、嘘をついていた」と高史は呟いた。

「以前、俺は君に、摂食障害は精神的なものだ、と説明したな」

「え？　ええ……」

「そして、原因は自分ではわからない、とも」

「……はい」

穏やかな視線を倫子に向けて、高史は言った。

「原因は分かっている。俺がこうなったのには、間違いなく母の死が関係している」

突然の告白に倫子は言葉を失った。高史はコーヒーをゆっくりりすると、置いたカップを見つめながら、ポツリポツリと話し始めた。

「母が亡くなったのは、蒸し暑い夏の日だった。今は娯楽室になっている部屋が、母の寝室だった。クーラーは身体に良くないからと、窓の外によしずが垂れ下がり、天井と床に二つの扇風機が置かれていた。風通しのいい部屋だったが、それでもやはり、夏は暑かった」

「……」

「俺たち兄弟は母が大好きだったから、その部屋でよく遊んでいた。ある日の午後、当時いた若い家政婦がちょっと出てきますと言って、外に姿を消した。大河原さんがいないとき、よく屋敷を抜け出していたんだが、たいてい三十分もあれば戻ってくるから気にしてなかった。いつも小銭を手にしていたから、公衆電話で電話でもかけていたんだと思う。ところが、その日は一時間経っても、二時間経っても帰って来なかったんだ」

倫子は固唾《かたず》をのんで、話の続きを待った。声を出せなかったというほうが正しいかもしれない。

高史は一度息を吐き出すと、人形のように無表情のまま、淡々と話した。

「母の薬の時間になっても、その家政婦は戻らなかった。母が棚を指差して、俺に薬を取ってくれと頼んだ。俺は言われたとおり、薬の袋を母に渡そうとした。すると、母が発作を起こした。半身を起こした体勢で、母はベッドから転がり落ち、胸元を押さえて苦悶《くもん》の表情を浮かべていた。暁也は狂ったように泣き出し、俺はどうすればいいかわからず、その光景をただ呆然と見ていたんだ」

高史の言葉に抑揚はなく、それが余計に正確に事態を伝えた。

「我に返ったのは、床の上で母が動かなくなってからだ。俺は廊下に飛び出して、震える手で電話をかけ、救急隊員に覚えたばかりの家の住所を告げたところまでは覚えている。そこからの記憶は飛んでいて、次に覚えているのは、帰宅した大河原さんと救急隊員が懸命に母に声をかけるのを、ベッドの脇で見ていたこと。暁也は部屋の隅で縮こまって泣いていた」

その時の光景が映像としてまざまざと浮かび上がり、倫子は泣きそうになって表情を歪《ゆが》めた。高史が感じた悲しみや恐怖を思うと、何も言葉にできなかった。

「動かない母を、救急隊員が担架で運んでいった。大河原さんも、暁也も、その後を追いかけたのに、俺は足がすくんで動けず、部屋に一人取り残された。そのとき、一匹の蠅《はえ》が目の前を横切った。その蠅は母のベッド横に置かれた桃の上に止まった。それは若い家政婦が午後に剥《む》いて皿に盛った白い桃だった。母が手をつけなかった白い果肉の上を、蠅が這《は》いずり回る姿を俺はじっと見ていた。蠅がついたことで、桃は食べられないただの生ゴミに変わった。まるで死が母に憑《と》りついて、ただの亡骸《なきがら》に変えたように……。俺にとって、そのときの蠅の姿は〝死〟そのものだった」

そこまで話すと、高史はようやく顔を上げた。お互いの視線がテーブルの上で一直線に交じり合う。

「生ものが苦手なのは、そのときの蠅のたかった桃を連想するからだ。それがどんどんエスカレートして、いつしか火の通った物も美味いと感じられなくなってしまった。ビスケットなどの固形物や飲み物はマシだ。だから、自分は一生、保存食のような味気ない食事しかできないと思っていた。君と出会うまでは……」

「……」

「俺はどこかで自分を責めていたんだ。もっと早く救急車を呼んでいれば、ひょっとして母は助かったんじゃないかって」

「そんな……」

「わかってる。きっと母の死は変えようがなかったことだし、幼かった俺にできたのはあれが精いっぱいだったはずだ。だからこそ、そろそろ母の死の呪縛からなんとしても抜け出すべきなんだ。今のままでは、俺も暁也も大事なものを失ってしまう」

倫子の心の中にいろんな言葉が浮かんでは消えつつ、最後に残ったのは〝どうして私に、その話をしたんですか?〟という問いだった。

けれど、その一言すら倫子はのみ込んだ。返事を聞くのが怖かったからだ。もし自分の想像が間違っていなければ、後には引き返せないところまで進んでしまう。そう倫子は思った。

高史は「つまらない話をして、すまなかった」と言うと、静かに席を立った。倫子は無言のまま首を小さく横に振った。

高史の顔をまともに見ることができず、食べかけのケーキを見つめていた。背後でキッチンのドアが閉まる音が聞こえて、倫子はようやく感情を解放した。

涙が溢れて止まらなかった。

Ⅳ．偽りのシンデレラ

ゴールデンウイークが過ぎ、高い陽射しが日に日に強さを増してきても、倫子と高史の関係は、相変わらず家政婦と雇用主であり、食事を作る者と食べる者、それだけでしかなかった。

しかし、倫子は満足だった。毎朝、キッチンで二人の時間を過ごせたし、ここ最近、高史は夕食を自宅で取ることが多くなった。高史の帰宅が早いときは、部屋まで食事を運ぶこともあったが、啓子や富三がいない遅い時間に帰ってきた日は、キッチンで朝と同じように二人きりで過ごせた。

ゴールデンウイークの初日に聞いた、重すぎる兄弟の母の死については、あれ以来、互いに一言も触れようとしなかった。禁断の箱のように、その蓋《ふた》に手をかけてはいけない空気を、倫子は強く感じていた。

会話の中身はもっぱら料理の話で、次はどんな物が食べたいかとか、味つけで気に入ったものはあるかとか、そんな話題から、小さい頃に苦手だった食べ物や学校給食の思い出話まで及ぶこともあった。

他愛のない話ばかりだったが、今の二人の危ういバランス状態では、命綱をつけて足下に転落防止用のネットを張っていても安心できなかった。それに、どれほど下らない話題でも、高史が相手なら楽しかった。

これまで倫子は自分のことを、口下手でコミュニケーション能力の低い人間だと思い込んでいた。けれども高史相手だと、なぜか言葉が次から次へと溢れてきて、延々と話し続けることができた。

それは高史も同じで、倫子に対するときだけは驚くほど饒舌で、鉄仮面に覆われていた感情のない〝上石専務〟から、素顔の〝上石高史〟に戻ることができた。

ある日など、おしゃべりに夢中になるあまり、二人して時間を忘れ、痺れを切らした武時が勝手口まで顔を出し、「遅刻しますよ」と声をかけてきたこともあった。

毎日毎日、ただ挨拶を交わし、食事を作り、他愛のない会話を楽しむ。そんな日常を、倫子はとても愛おしく思った。そして倫子との時間は、確実に高史の生活にも影響を与えた。

会社では相変わらずの仕事人間だったが、あまり残業をしなくなったし、休日はしっかりと休むようになった。

食事の予定を伝えるために、一日一回は倫子の携帯に電話をかけるのが常となっていた。その際、高史が微笑んでいるのを目撃した総務の女性社員が、自部署に戻って大騒ぎしたため、〝鬼専務に恋人ができたらしい〟という噂まで流れた。

その噂は、六月の株主総会が終わり、初夏から本格的な夏に移っても消えることはなかった。


七月最初の土曜日。

その日は珍しく、前日から久雄と亮子も本宅に戻っていて、家長命令により、家族揃っての久々の夕食会が開かれた。

和室の座卓の一番上座に和服姿の久雄が座り、その右手に妻の亮子が、左手に高史と暁也が座った。

用意されたのは久雄好みの完全な和食メニューで、啓子が腕を奮い、倫子が給仕をした。倫子が予想していたとおり、食欲旺盛なのは久雄一人で、洋食好きな亮子も、そして高史と暁也の兄弟もほとんど箸が進んでいなかった。

倫子はまるで通夜のような重苦しい空気を感じながら、強制的に参加させられている兄弟を気の毒な思いで見ていた。

料理がほぼ出された頃、程よく酔っぱらった久雄が唐突に、「高史！」と長男の名前を呼んだ。

「秘書室の子らが噂しとったが、お前、女ができたというのは本当か？」

「えっ⁉」

「嘘、本当？」

すかさず声を出したのは、聞かれた本人でなく、暁也と亮子だった。もちろん、廊下で控えていた倫子も驚いて顔を向けた。

高史は四人の視線を一身に浴びながら、いつものポーカーフェイスで、「ただの根も葉もない噂です」と冷静に答えた。

「しかし、最近は残業も減って、休日出勤もやめたそうじゃないか」

「そろそろ健康について、真剣に考える年になりましたから、なるべく身体を休め、栄養バランスの取れた食事を取るように心がけているだけです」

「ふーん。それはいい心がけだな」

そう言うと、久雄は視線を倫子に向けた。

「そこにいる新しい娘がお前の食事係だそうだな。上手なのか？」

「ええ、まあ」

高史は曖昧にうなずいたが、今度は三人の視線が倫子に集まり、倫子はうつむいた。

「美味しいわよ、彼女の料理。私、今朝、彼女の用意した朝食を食べたんだけど、スクランブルエッグとかフワッフワで、ホテルで出てくる料理みたいだったもの」

意外にも亮子が倫子を褒め、久雄は「ほぉ」と感心したような声をもらした。

そこで亮子が「あ、そうだ！」と大きな声を上げた。

「ねぇ、あなた。例の中村《なかむら》水産の社長の奥さんの話、覚えてる？」

「ああ。いい娘がいたら、息子に紹介してくれと言っていたな」

「そうよ。あの奥さん、ここ半年くらい会うたびに同じことを言うの」

「息子は今、副社長だったな。年は幾つだ？」

「三十六歳」

「そりゃ、いい歳だな」

夫婦の会話が始まり、倫子が自分から話題がそれたと思ってホッとしていると、突然亮子が倫子に向き直った。

「立脇さん、だったわね？」

「は、はい……」

「年は幾つ？」

「え、あ、二十六です」

「彼氏は？　結婚してないわよね？」

「い、いませんし、してません」

質問の意図がわからず倫子が面食らっていると、亮子は「あー、ごめんごめん」と笑いながら、思いもかけないことを言い出した。

「うちの取引先の奥さんにね、三十六にもなって彼女のいない息子に、誰かいい人を紹介してくれって頼まれてるの。なんかその息子面食いらしくって、ブスは嫌なんだって。でも、家柄とかはまったく気にしないみたいだから、あなた、適任だなって思って」

「えっ!? そ、そんな、無理です」

「なんで？　もしかして男より女が好きとか？」

「そういうわけじゃ……。ただ、私なんかを紹介したら、奥様が恥をかかれると思いますし……」

「そんなことないわよ。たしか国立大卒で信用金庫に勤めてたのよね？　お堅くていいじゃない。しかも家庭的で、料理上手なんて、文句なしでしょ。それにスッピンでそれだけ整ってるんだから、化粧したら映えるはずよ。おまけにスタイルもいいじゃない。Eカップくらい？」

「あ、あの……」

「あっちは絶対、立脇さんを気に入ると思うけど？」

亮子にまくし立てるように言われ、倫子は返す言葉もなく絶句した。

「まあでも、社長の息子で顔もそこそこなのに、その年まで独身って、ちょっと難ありっぽいわよね」

倫子の無言を勝手に解釈し、亮子は高史を見ながら意味深に笑った。

「でも、その奥さんがしつこくって、誰か紹介しないことにはあきらめてくれそうにないのよね。私を助けると思って、一度でいいからお見合いしてもらえない？」

その場にいた全員の視線を受けて、倫子は頭の中が真っ白になった。理由のない拒否を許される立場ではないし、かといって、断る理由をゆっくり考える時間もなかった。追い詰められた末に倫子の口から出たのは、「二、三日考えさせてください」という逃げの一言だった。

亮子は笑顔で、「わかったわ。いい返事を期待しているわね」と言って、ひとまず倫子を解放した。しかし、その眼は笑ってはなく、使用人の分際で断るなどあり得ないと告げていた。


夕食会がお開きになると、久雄と亮子、そして暁也はそれぞれ自室へ戻っていった。残っていた高史が、片づけをする倫子を黙って見つめる。倫子がトレーに四人分の食器を載せ終えたタイミングで、高史が小さな声で聞いた。

「するのか？　見合い」

不意打ちのような問いかけに、倫子は肩をびくつかせて、うつむき加減で高史に顔を向けた。高史の目は真剣そのもので、そこには何か切羽詰まったような抗《あらが》えない空気があった。

「わ、わかりません……」

「したいのか、見合い？」

　高史の強い眼差しに耐えられなくて、倫子は無意識に顔を背けた。

「……正直なところ、あまり気は進みません。相手の方に問題があるわけではなくて、私自身の気持ちの問題ですが」

「なら、しなければいい。あの女の頼みなんて聞く必要はない」

「そんな簡単に言わないでください」

「君が断りづらいなら、俺が代わりに断ってやる」

「えっ⁉」

　思わず倫子が顔を向けると、高史が真っすぐに見つめていた。そして、淡々とした口調で続けた。

「君はこの家……というか、俺にとって大事な食事係で、いなくなられては困る存在だ。万が一、見合いが上手くいって結婚なんて話になれば、ここを辞めなくてはならなくなる。そうなると、俺が困る」

「高史さん……」

「だから、断りづらいだけなら、俺が代わりに断ってやる。本当に君が見合いをする気がないのなら、だが」

「ないです」

倫子は即答した。高史は少し驚いた顔をした。

「だが、中村水産の副社長なら、俺も何度か会ったことがある。なかなかハンサムで、明るく気さくないい男だった。本当に断って後悔しないのか？」

「しません」

倫子はまた間髪入れずに答えた。小さな決意を滲ませた瞳で高史を見返した。座卓を間に挟んで、見つめ合い相手の本心を探り合う。

先に視線を外したのは高史のほうだった。

「……わかった。義母には俺から上手く話しておく」

「本当にお願いしてよろしいんですか」

「ああ」

高史は無造作に答えると、立ち上がった。部屋を出る間際、「いつも美味い飯を作ってもらっている礼だ」と微笑んだ。高史特有の控えめな笑顔に、倫子も笑顔を返した。

高史は一瞬何か言いかけたが、未練を断ち切るように部屋を出た。倫子はその後ろ姿を見送ると、食器を載せたトレーを手にキッチンへ戻った。

啓子の腰の調子が思わしくないため、後片づけは倫子一人で引き受けた。啓子はすでに自室に戻っていて、キッチンは無人だった。

ちょうど四人分の食器を洗い終えたところで、内線が鳴った。受話器を取ると、暁也からだった。

「あ……立脇さん」

「はい。いかがいたしましたか？」

「え、いえ、あの……、その、さっきのお見合いなんですが……」

「えっ⁉」

「義母が話していた、お見合いの話です。受けるんですか？」

兄弟揃って同じ質問をされて、倫子は戸惑いながら答えた。

「いいえ、お断りするつもりです。さっき、高史さんが相談に乗ってくれて、代わりに断ってくださると」

「えっ、兄が⁉　兄が立脇さんの代わりに義母に断ると言ったんですか？」

暁也は心底、驚いているようだった。

「はい。食事係がいなくなると困るから、と」

暁也はしばらく沈黙した後、突然「わかりました」と言った。

「おかしなことを聞いてすみませんでした。おやすみなさい」

「あ、はい。おやすみなさい」

いったいなんの用件だったのか、倫子は腑《ふ》に落ちないまま、受話器を元に戻した。

少し考えて、一つの答えにたどり着いた。けれども、それはあまりに非現実的に思えて、心の中ですぐに却下した。

突然の見合い話に、高史の態度、暁也の言葉……、色々考えると泥沼に陥りそうで、倫子はそれ以上考えることを放棄した。


上石家の食事会から三日後の火曜日。夜の十一時という遅い時間に、匿名の告発者から、久々に電話があった。開口一番、Kは言った。

「順調ですね。立脇さん」

「え？」

「上石高史のことです。もう彼はすっかり、あなたに夢中のようです」

「そんなまさか……」

思わず倫子は笑ったが、相手は大真面目に言った。

「まさか気づいていないんですか？　彼はあなたに本気ですよ。中村水産の社長の息子との縁談も、彼が断ってくれたんでしょう？」

「どうして見合いの件を知っているんですか？　そのことは、あの場にいた上石の人たちと私以外、誰も知らないはずなのに」

　倫子の指摘にKは不敵に笑った。

「さあ、どうしてでしょうね。ひょっとすると、家に盗聴器が仕掛けられているのかもしれませんね」

「……」

「まあ、とにかくこの調子でいけば、長男との婚約も間近でしょう。ちなみに、彼とはもう寝ましたか？」

　ぶしつけな質問に、倫子は「そ、そんなわけないでしょ！」と思わず声を張り上げてしまい、慌てて左の壁を見た。左隣は啓子の部屋で、話し声で彼女を起こすおそれがあった。

「怒鳴ることはないでしょう。健康な若い男女が恋仲になれば、そうなるのは自然の流れだと思いますが」

「だ、だから……」また声を張り上げそうになり、倫子は声を潜めた。「私と高史さんはそんな関係じゃないんです」

「……信じられませんね。立脇さん、私に嘘はつかないでください」

「嘘なんて……」

　この件で嘘はついていないが、Kに対して自分が非協力的なのは確かだった。その引け目から倫子が言い淀《よど》むと、Kは感情のない声で告げた。

「まあどちらにしろ、上石高史があなたに夢中なことは確かです。なんなら、カマをかけてみたらどうです?」

「カマ?」

「そうですね……たとえば、別れた男が復縁を迫ってきて困ってる、とでも言ってごらんなさい」

倫子の脳裏に悟の顔が浮かんだが、彼をそんなことに利用する気はさらさらなかった。

「そんなことして、なんになるんですか」

「上石高史にとって、あなたが大切な女性なら懸命に守ろうとするでしょう。別れた男に会って話をつけようとするかもしれません。利己的でビジネスライクな彼が、損得抜きにあなたのために動いたなら、それはもう本気であなたを愛していることの何よりの証拠でしょう」

「そんなこと、やるだけ無駄です」

「そうですか? じゃあ、こうしましょう。もしあなたが彼と婚約までこぎつけたら、その時点でボーナスを差し上げますよ」

「ボーナス?」

「ええ、特別ボーナスです。あなたの父、島田則倫の所在をお教えしましょう」

「ち、父は生きてるんですか？」

「ですから、あなたが上石高史と婚約すれば、そのときにお教えします」

頭を殴られたような衝撃に、倫子はしばらく言葉を失くした。

「……だけど、嘘かもしれないじゃないですか。父のことなんて何も知らないのに、それこそカマをかけているんでしょ？」

「そう思いますか？」

「だって、私はあなたのことを何も知らない。男か女かすらも知らない」

すると、Kは喉の奥を小さく鳴らした。笑っているのだろう。

「降りたいのなら結構ですよ。次の協力者を探すまでです。ただ、もしあなたが裏切るつもりなら、私にも相応の考えがあります」

「考えって……」

Kはその質問に答えることなく、「では」と一方的に電話を切った。通話が切れた後も、倫子は呆然として、しばらく耳から携帯電話を離せずにいた。


翌日の水曜日。朝、いつもの時間に家を出た高史は、慌てて追いかけてきた倫子に気がつき、門の手前で足を止めた。玄関で啓子と二人で見送った後、彼女一人がサンダルを履いて高史の後を追って来た。

「どうしたんだ?」

倫子は「あの……」と切羽詰まった表情で、声を詰まらせた。そのただならぬ気配に、高史は車の前で待つ秘書の視界から倫子を隠すように立った。運転手兼秘書の武時は、興味津々の表情で事の成り行きを見守っていた。

「どうしたんだ。何か頼み事か?」

「頼み……ええ、じつはそうなんです」

倫子は顔を伏せたまま、小さな声で言った。

「今夜は何時頃にお帰りの予定ですか?」

高史はチラッと後ろに目をやり、冷やかし顔でこちらを見ている武時を見た。本当は夜に取引先と食事の予定だが、口の上手い武時なら、適当に断りの理由を作ってくれるだろう。高史は倫子に向き直り、「定時に帰る」と答えた。

「では、夜、どこか二人でお話しできる場所で会っていただけませんか?」

「な……」

まさか、外で会うことを提案されるとは予想してなかった高史は、一瞬返事に詰まった。倫子は切実な眼差しを向け、「やっぱりご迷惑ですか……」と言った。

「いや、大丈夫だ。なら、適当にレストランの個室を予約しておく。場所が決まったらメールで知らせる。それでいいか?」

「はい」

倫子はホッとしたように表情を緩めた。その笑みを見て、自然と高史の表情も和らぐ。

「時間は、午後七時でいいか？　たしか今日は午後から休みだろ？」

倫子は笑顔のままうなずいた。

「ありがとうございます。よろしくお願いします」

お辞儀をすると、倫子は車まで一緒に歩いた。

高級セダンの後部座席に乗り込んだ高史に笑顔で手を振る。つられて手を振りかけた高史は、運転席の武時がルームミラー越しにこちらを見ていることに気づき、慌てて上げた手を下ろした。

遠ざかる黒い車体を、倫子は門の前で静かに見送った。


大川悟が倫子の居場所を知ったのは偶然の産物だった。

店を畳んで無一文になった悟は、東京《とうきょう》でネットスーパーを始めて、そこそこ成功している大学時代の友人を頼り、単身上京して新しい生活を始めていた。スーパー経営のノウハウを持つ悟を友人は重宝してくれ、いきなり営業課長というポストを与えてくれた。

一度はすべてを失ったものの、第二の人生が好調な滑り出しとなったことで、悟はまた前向きに生きる気力を取り戻した。今の自分なら、また倫子とやり直せるんじゃないか、そう思った。

上京してから日を置かずに電話をかけたが、驚いたことに倫子のスマホは解約されていた。その場で倫子の実家にかけると、「よく電話してこれたな」と倫子の兄から容赦ない言葉を浴びせられた。悟はしどろもどろに詫びを入れ、どうしても連絡を取りたいと訴えたが、問答無用で切られた。

それでもあきらめきれなかった悟は夏休みをもらって、一度は逃げ出した街に手がかりを探しに舞い戻った。

髪型を変えて伊達眼鏡で変装し、知り合いに会わないかビクビクしながら倫子の部屋を訪ねた。すると、見知らぬむさ苦しい顔の中年男性が出てきた。話を聞くと、半年前から住んでいるという。

結局何の収穫もなく、アパートを去りかけた悟の背中に、「あなたひょっとして……」と、隣人の女性が声をかけてきた。ホステスをしているその女性は、倫子とは特に親しい関係ではなかったが、引っ越しの際に挨拶に来たそうだ。

「なんかね、福岡に行くって言ってたわよ」

「福岡?」

「住み込みで家政婦するんだって」

「家政婦⁉」

悟はにわかには信じられなかった。たしかに倫子は家事が得意だったが、どういう経緯で信用金庫を辞めて、家政婦を選ぶことになったのか、想像もつかなかった。

呆然とする悟に、気さくな隣人は笑顔で言った。

「でもさ、なかなかいい手だよね。だって家政婦を雇うってことは、相手は金持ちってことでしょ。そこの息子とかに気に入られたら、上手くいけば玉の輿《こし》だもんね」

「そ、そんな……倫子に限ってまさか」

元恋人の誠実な性格を知る悟は、相手の発言を真顔で否定した。

そのままろくに礼も言わずにその場を後にした。ほかに手掛かりもないまま、悟はとにかく福岡に向かってみることにした。

まったく土地勘のない悟は福岡に到着すると、地元民らしい人を掴まえて、〝この街で金持ちが住むのはどの辺りか〟という、聞きようによっては物騒な質問をして情報を集めた。初めの何人かは怪訝《けげん》そうな顔して、無言のまま通り過ぎていったが、人のよさそうな老人が教えてくれたのが、上石家の本家のある地区だった。

悟はすぐにその地区に向かうと、不動産会社の社員で土地を探していると偽り、道行く人からリサーチを行った。その結果、この地区で大地主や名家として名高い名字を三十ほど聞き出した。

その夜、悟は古いビジネスホテルにチェックインし、フロントで電話帳を借りると、住所と聞き出した名字に合致する番号に、〝あ〟から手当たり次第、電話をかけ始めた。

留守電だったら切って、相手が出たら「僕、立脇倫子さんの友人なんですが……」と切り出す。相手が倫子のことを知らなければ、「おかけ間違いですよ」と返される。夜の十一時までかけたがヒットせず、翌朝七時からまた再開した。

だが、二時間ほど電話をかけ続けたところで、悟は電話帳をベッドに放り投げた。こんなことをしても、倫子が見つかるはずはないとようやく悟ったのだ。

倫子との再会をあきらめた悟は、友人でもある東京のネットスーパーの社長に、九州に来たついでに宮崎の姉夫婦の所へ寄って、特産物を扱う農家と契約の話をしてくると報告した。

「今どこだ？」と聞かれ、正直に「博多だよ」と答えると、「まさか上石食品に恨みでも晴らしに行ってるんじゃないよな」とからかうように言われた。

「上石食品？」

「なんだ、知らないのか？　お前の元ライバルだろ。ＵＰマートの親会社じゃないか」

「何だって⁉」

ベッドに寝転がっていた悟は、その一言で跳ね起きた。

「ＵＰマートの親会社の本社が福岡にあるのか？」

「この業界の人間なら常識だぞ。ＵＰマートの産みの親である上石食品社長の上石久雄と言えば、立志伝中《りっしでんちゅう》の有名人だぞ」

「へぇ……」

そこで自分の不勉強を恥じるでもなく、悟は手元の電話帳を使い、上石久雄という名前を調べてみた。

「……あ、あった」

「何が？」

「いや。すまん、もう切るよ」

通話を終えると、悟は電話帳に載った「上石久雄」の名前をじっと見つめた。偶然にもそこに載っていた住所は、老人が教えてくれた地区のものだった。

大手スーパーを経営する社長なのだから、高級住宅街に居を構えていてもなんら不思議ではない。しかし、悟はこの〝不思議な巡り合わせ〟に小さな興奮を覚えていた。

すぐに悟はホテルを飛び出して、上石邸を目指してバスに乗った。それは、倫子が高史に、夜、会ってもらうようにお願いする三十分前の出来事だった。

車を見送った倫子が門の中に戻ろうとすると、その背中を誰かが呼び止めた。

「倫子……？」

その声に倫子は振り向き、目の前に立つ人物を真正面から見つめた。

初めは誰かわからなかった。角刈りだった髪は伸びて、洒落たショートヘアに変わっていたし、見慣れない眼鏡姿も、悟の雰囲気を以前とは違うものに変えていたからだ。

「倫子なのか?」

悟が一歩踏み出す。ようやく倫子は相手が誰か気がついた。

「悟……」

半年前まで婚約していた二人は、すっかり変わってしまった互いの姿を見て、その場に立ち尽くした。先に口を開いたのは悟だった。

「倫子、どうしてここに……ここはだって、上石久雄の自宅じゃないのか?」

「……」

悟はただ純粋に驚いていた。だが、倫子は気まずさから、何も言葉にできなかった。

「さっきの男は?」

たった今、自分が目にした光景が信じられずに、悟はゆっくりと倫子に近づいていく。

「なんだか、ずいぶん親しげだったけど、ひょっとして、彼はこの家の息子か?」

「あ、あの、私……」

悟が近づいてくるたびに、倫子も一歩ずつ後ろに下がった。そして公道と私有地の境界線にたどり着くなり、倫子は急いで門の内側に入り、思い切りその戸を閉めた。

倫子がここにいたことに加えて、逃げるように門を閉められたことに、悟は大きなショックを受けていた。

「倫子！」

悟は門の前に駆け寄り、格子を挟んで倫子と向き合った。

「どうしたんだよ、いったい？　なぜ逃げるんだ！」

「か、帰って！」震える声で倫子は告げた。「いまさら私になんの用？　あなたとは、もう終わったはずでしょ」

「倫子、いったいどうしたんだよ？　どうしてそんなことを言うんだ。俺はただ君に謝りたかっただけなんだよ」

「謝りたいですって？」

悟の勝手な言い分に、倫子は怯《おび》えながらも声に怒りを滲ませた。

「謝られたって遅いわよ！　どうしてもっと早く会いに来なかったの？　いきなりお店がなくなって、あなたもおばさんも、突然いなくなって、私がどれほどショックを受けたかわかってるの？」

「そ、それは……君に迷惑をかけたくなくて……」

「言い訳なんていらない！　あなたはなんの前触れもなくお店を閉めて、なんの相談もなく私の前から姿を消した。それがすべてよ！　変えようのない事実だわ」

感情が高ぶり、倫子は格子越しに悟に怒鳴った。

「帰ってよ！　二度とここへは来ないで」

「り、倫子……」

倫子の剣幕に押され、悟は一歩、後ずさった。目の前で怒りを露わにする女性は、悟の知る倫子とは別人だった。いつも静かで、穏やかで、わがままを言うことも、拗ねることもない、そんな聖母のようだった倫子は見た目だけでなく、中身まで変わってしまったように、悟には思えた。

「もう僕を愛してないのか？」

その問いに、倫子はなんの感情も示さない冷めた目で、迷わず答えた。

「そうよ。もう私はあなたを愛していない」

ふいに悟の脳裏に、先ほど目にした光景が浮かんだ。

「ひょっとして、さっき車に乗り込んでいった男……あいつが原因なのか？」

倫子は「ちが……」と否定しかけて、思い直して言葉を切った。

「どうなんだ？　あの偉そうな男が君の新しい彼氏なのか？」

「……だったら、どうなの？」わざと険のある声で倫子は言った。「もし彼が私の恋人だったとして、あなたに何か関係あるの？」

倫子のあまりの変わり様に、悟は激しいショックを受けた。返す言葉を失くし、彼はそのまま無言で屋敷から遠ざかっていった。

悟の驚きようからして、たまたま上石家を訪れたら元カノがいたという状況だったのかもしれないが、いずれにしてもタイミングが悪すぎた。心の準備ができてなくて、無駄に傷つけてしまったことは事実だった。

しかし無理にでも追い返さなければ、もっとこじれていただろう。悟の性格からして、おそらくこれ以上しつこくすることもない。

ひどく疲れた気分だったが、過去のしこりを一つ取り除けたことは、よかったことなのかもしれないと、倫子は思った。

家の中に戻ろうとして振り返ると、石路《いしじ》の先の玄関口から、二つの顔が倫子をじっと見ていた。

「け、啓子さん！　美月さんも……」

「あーあ、見つかっちゃった」

美月が舌を出す。二人は屈めていた身体を起こし、愛想笑いをしながら引き戸の陰からのそのそ出てきた。

倫子は駆け寄りながら、「いったい、いつからそこに？」と敬語も忘れて、慌てた様子でたずねた。

啓子はごまかすようにただ笑うだけで、美月は「えーと、〝あの偉そうな男が君の新しい彼氏なのか？〟って辺りからかな」と、とぼけた口調で答えた。

「えっ⁉」

「倫子さん、キッパリ答えてたねー。〝だったらどうなの？〟ってぇ」

美月が、元同僚を思い出させるようなチェシャ猫に似た笑いを見せた直後、倫子は真っ赤になって、両手で顔を覆った。

「あ、あれは、あの人がしつこいから！　彼を追い払うために言った台詞で、ただの売り言葉に、買い言葉っていうか、意味はまったくないんです‼」

倫子の必死の弁解も、啓子と美月はまるで信じてないようで、わざとらしく何度もうなずいた。

「うんうん。そういうことにしておいてあげる」

「美月さん！」

倫子は恥ずかしさに地団駄を踏みながら、「もぉー！」と泣きそうな声で叫んだ。

啓子が「まぁまぁ、美月ちゃん。からかうのはそのくらいにしてあげて」と助け舟を出す。ペロリと赤い舌を出し、美月は「はーい」と小さく肩をすくめた。

三人並んでキッチンに向かいながら、「でも、カッコよかったよ。あんな厳しい口調の倫子さん、初めて見た」と美月が感心したように言う。倫子は困り顔のまま、「もう、やめてください」と消え入りそうな声でぼやいた。

「大丈夫なの？　さっきの人、元カレってやつでしょ。ストーカー？」

最近、恋愛絡みの物騒な事件が増えているせいだろう。心配する啓子の言葉に、「えっ、大変じゃない！」と美月も慌てた顔になった。

倫子は笑いながら、「大丈夫です」と答えた。「ただの元カレです。かなり急な別れ方だったし、いろいろあったので、一言謝りたかったんだと思います」

「でも、何があったか知らないけれど、謝るためだけにわざわざ会いに来るかなぁ。あわよくば元サヤを狙ってたんじゃないの？」

美月の言葉に、倫子は苦笑いをこぼしながら、きっとそのつもりだったのだろうと思った。そうでなければ、あれほど高史の存在にこだわるはずがない。

あまりに都合の良すぎる悟の考えに苛立ちながら、ふと倫子は、もし今もあのアパートに住んでいて、悟が訪ねてきていたとしたら、どうしていただろうと思った。慌ただしい再会だったが、元恋人は半年前と変わらず元気そうだったし、むしろ以前より垢抜《あか》けて、選ぶ服も洗練されたように思う。

店を閉めた後、どれほど悲惨な生活を送っているかと思ったが、ひょっとすると、すぐにいい再就職先が見つかり、そこそこの暮らしをしているのかもしれない。その想像は少しだけ、倫子の心の痛みを軽くした。だがやはり、復縁はありえなかった。

そして別れの原因があちらにあるとしても、結婚の約束までした恋人がたった半年で別の男に乗り換えたと知り、悟がショックを受けるのも当然で、恨まれても仕方がないと倫子は思った。新しい自分になろうと再出発を切った倫子だが、自罰的なこの性格は一朝一夕に変わるものではなかった。

悟と出会う前に付き合った男たちは、そんな倫子と正反対の他罰的な相手ばかりだった。一言でいえば、〝人のせいにする男〟。そんな男たちにとって、自分に非を探してしまう倫子は好都合な相手で、それが倫子の男運の悪さを生み出していた元凶だった。

そんな中で悟だけは違った。悟は倫子と同じく、すべてを自分のせいにするタイプの人間だった。でも、そんな二人は、互いに傷つけ合うこともない半面、建設的に何かを作り出すこともできなかった。

今、距離を置いて、改めて過去を振り返り、倫子はおぼろげながらそのことに気づき始めていた。

では、高史はどうなのだろう。高史は悟の言ったとおり、一見偉そうにしているが、相手に求めるだけでなく、自分に非があれば意外なほど素直に認めるタイプのように思えた。優秀なビジネスマンである彼は、自分に非があれば認め、相手に問題があればそれを冷静に指摘する、自罰的でも他罰的でもない男だった。

そんなことを考えていると、玉ねぎを刻んでいた美月が「そーいえば、今日のこと、高史さんには言わないの？」と突然言い出した。

あれからキッチンに戻った倫子は、啓子に許可を取って、美月と二人で暁也の昼食を準備していた。先月から美月はたまにこうして倫子から料理を教わっていた。

「えっ、今日のことって？」

「だからー。元カレが会いに来て、復縁を迫られたって話」

「な、なんで⁉　どうして高史さんに？」

予定しているハンバーガーに添えるフライドポテト用のジャガ芋を剥きながら、倫子は声を裏返して聞き返した。

美月はクスクス笑いながら、「だって、高史さんには言っておいたほうがいいんじゃないかと思って」と、意味深な台詞を口にした。

「だ、だから、どうしてですか？」

いちいちどもりながらも、倫子は動揺を見せまいと必死だった。

「だって倫子さんの今の恋人って、高史さんでしょ？　元カレに言ってたよね？」

「み、み、美月さん、お願いですから、そういうことは言わないでください……」

ピーラーと剥きかけの芋を手にしたまま、倫子はその場にうずくまった。

「えー、言っちゃダメなの？」

「お願いします！　私、高史さんとは、このままでいいと思ってるんです。毎日彼の食事を作らせてもらえるだけで、十分幸せなんです」

高史が好きだと告白しているのも同然だったが、美月はあえてそこは指摘せずに「ふーん」と相づちを打つと、今度は別の角度から倫子を追い込み始めた。

「でも、倫子さんはそれでよくても、高史さんのほうはどうなのかなぁ？」

「どういう意味ですか？」

鈍い動作で立ち上がる倫子を見つめ、美月はニヤリと小悪魔的な笑みを浮かべた。

「だって、聞いたよ。倫子さんに来た見合い話、高史さんが断ったんでしょ？」

「えっ⁉　誰からそれを？」

「亮子さんが車中で嘉川さんに愚痴って、帰ってきた嘉川さんが啓子さんに話して、私はこの前、ここでお茶しながら啓子さんから聞いたの」

そう種明かしをすると、美月は刻み終えた玉ねぎをボウルに移し、倫子に習ったとおり、すぐまな板を洗った。

倫子は絶句したまま、〝人の口に戸は立てられぬ〟ということわざを思い出していた。昨日Kに、なぜ見合いの件を知っているのか問い詰めたが、すでに富三も、啓子も、美月も知っているとなると、きっと秘書の武時も知っているだろう。

当然、久雄にも伝わっていて、その秘書の倉本や周辺人物まで話は広がっているのかもしれない。さらに亮子が別の場所でも吹聴していれば、もう誰が知っていても不思議ではなかった。

恥ずかしさに叫びたくなるが、現実的に問題なのは、この調子ではKを絞り込むことなど、とてもできないことだった。

倫子の落胆をよそに、美月は嬉々としてしゃべり続けた。

「あの高史さんがそこまでしたんだよ。もう絶対に倫子さんが好きなんだよ。ただ好きってだけじゃなくて、結婚も考えてるレベルだと思うなぁー」

「けっ、こん！」倫子は再びしゃがみ込んだ。「もう勘弁してください……」

「なんか、今日の倫子さん、面白ーい」

いつもは自分が姉で、美月が妹のような関係だが、今日は立場が逆転していた。

「私的には、倫子さんが高史さんと結婚するのは大歓迎だよ。もしアキ君と結婚できたら、倫子さんが兄嫁になるんだもんね。すっごく嬉しい！」

「あはは……冗談きついですよ、美月さん」

力なく笑うしかなかった。序盤に重いボディブローを浴び、その後もちょくちょく地味に効くジャブに、倫子はノックダウン寸前だった。

「まぁ、倫子さんが話さなくても、いずれ高史さんの耳に入ると思うけどね。啓子さんから嘉川さん経由か、啓子さんから別所さん経由、あるいは直通で」

「はぁ……」

「倫子さん、レタスってぬるま湯に一分漬けて洗うんだっけ？」

「そうです……」

倫子は肩を落として皮剥きを再開した。

午後休みをもらっている倫子は昼食を済ませると、自室に戻った。スマホを確認すると、高史からメールが届いていた。

『店は予約した。いったん帰って着替えたいから、出かける時間は七時で頼む』

メッセージを読んで、倫子は顔を赤らめた。高史がいったん帰宅してから出かけると言うことは、二人揃って外出するところを、啓子や富三にも知られるということだ。つまり、今日の話も、美月や武時に伝わる可能性は高かった。

今夜の倫子の〝お願い〟を、高史に受け入れてもらえるかどうかは、果てしなく未知数だった。「馬鹿は休み休み言え」と鼻で笑われて終わってしまうことも十分考えられた。

それだけに、今日の食事は誰にも知られずに終えたいというのが、倫子の本音だった。だが、時間を作ってもらっただけでもありがたいことなのに、これ以上、注文を聞いてもらうわけにはいかなかった。

倫子が『わかりました。お手数をおかけして申し訳ありません』とメールを返すと、昼休み中なのか、高史からすぐに返信があった。

『構わない。メニューはイタリアンにしたが、よかったか？』

『ありがとうございます。イタリアンは大好きです』

倫子もすぐに返事を送った。

午後六時。倫子がキッチンに顔を出すと、上石家の半住人と化した美月が、啓子と一緒に夕飯の支度をしていた。

「だからね、調味料を入れる順番が決まっているのには、ちゃんと理由があるのよ」

里芋の煮物を作りながら、啓子がいわゆる料理における〝さしすせそ〟の説明をしていた。

「えーっと、じゃあ、〝さ〟が砂糖なら、お酒はどうなるの？　料理酒ってよく使うでしょ？」

「お酒も砂糖と一緒で、最初でいいのよ」

「じゃあ〝さ〟は、砂糖とお酒の二つって、覚えておけばいいの？」

「そうそう。あ、みりんもアルコールが入っているから、お酒と同じね」

長い髪をポニーテールに結び、啓子に借りたエプロンをつけてキッチンに立つ美月の姿は、三番目の家政婦のようでもあり、姑に料理を習う若妻にも見えた。

微笑ましい二人の姿に、倫子は声をかけることも忘れ、思わず笑顔になっていた。

戸口に立つ倫子に、先に美月が気づいた。爽やかなラベンダーカラーのワンピースに着替えた倫子を見て、わぁと小さな声を上げる。

「どーしたの倫子さん。ひょっとして、今から出かけるの？」

「あ、はい……」

昼間の会話を思い出し、美月に言えばからかわれることを覚悟しながら、倫子は正直に答えた。

「あの、高史さんとお食事に……」

その途端、啓子と美月の二人が顔を見合わせた。

「嘘⁉ デートなの？」

「ち、違います。ただの食事です」倫子はうつむきがちに答えた。

「でも、二人で行くんでしょ？」

「はぁ、まぁ……」

「それを世間一般では、デートって言うんだよ」

美月に諭されるように反論されて、倫子は赤くなったまま黙った。

美月が「そうだよね？」と啓子に同意を求めると、啓子も苦笑いしながら「まぁ、そうねぇ」と小さくうなずく。

「高史さんも、倫子ちゃんも、独身同士なんだし、二人で食事に行ったからって、誰に遠慮することもないでしょ」

「そりゃそうだよ。バンバン行けばいいんだよ。ねっ、倫子さん！」

よくわからない励ましを受け、倫子は曖昧に笑った。とはいえ、今日これからする

〝お願い〟の中身を考えると、とてもデート気分にはなれなかった。

「高史さんとは、外で待ち合わせしてるの？」

啓子の問いに倫子は、高史がいったん着替えにここへ戻ることを話した。

「じゃあ、嘉川さんに車を頼むのかしら。ああでも、デートならタクシーを使ったほうがいいわね」

心の中で、〝だからデートじゃないんです〟と、倫子が呟いていると、美月が堪え切れないように噴き出した。

「やっぱり高史さん、この前のことを気にしてるんだ」

倫子と啓子の視線を受け、美月は時折、思い出し笑いをしながら話した。

「別所さんに聞いた話だけど、倫子さんと食事の約束をした日に、高史さん、会議のせいで遅刻しちゃったんだよね？　その時に結構汗をかいたせいで、倫子さんに汗臭いと思われたんじゃないかって、後で気にしてたんだって。あの高史さんが、〝俺は臭うか？〟って真顔で聞いてきたって、別所さん笑いながら言ってたよ」

「まぁ……」

啓子が呆れた顔で呟き、倫子はおしゃべりな秘書にため息をついた。

「たしかにあの日、高史さんは多少汗をかいてましたけど、別に臭ったりしませんでしたよ。全然不快ではありませんでした」

高史のために、倫子はキッパリと答えた。すると、啓子と美月がまた顔を見合わせ、小さく笑った。

「まぁそれにしても…ずいぶん変わったものね」と、啓子がいきなりしみじみと呟いた。

「あの高史さんが、毎日家でちゃんと食事を取るだけでも驚きだったけど、会議を早めに切り上げて急いでデートに向かうとか、自分の汗の匂いを気にするとか、亮子さんが持ち込んだ見合いを邪魔するとか、まるで普通の男になっちゃったわね」

するとと美月が、「それこそ、恋の魔法だよ。ねっ」と、倫子に笑いかけた。

倫子はもう何も返す言葉がなかった。


午後六時半。高史が帰宅した。

「おかえりなさーい」

倫子のみならず、野次馬根性で美月も出迎えたため、高史は何事だという顔で、隣家の幼なじみを見つめた。

「どうしてお前がいるんだ?」

「こんな可愛い子にエプロン姿で出迎えてもらって、言うことがそれー? 笑顔でただいまくらい言ったらどう?」

高史は腰に手を当て文句を言う美月を無視し、外出着に着替えた倫子を見た。

「すまないが、三十分待ってくれ。準備してくる」

「ちょっとー、ガン無視？」

美月に睨まれながらも自分を見つめる高史に対し、倫子は「はい」と恥ずかしそうにうつむき、「お車はどうされますか」とたずねた。

「タクシーを呼んでくれ。そうだな、今から二十分後に」

「はい」

必要な会話を倫子とだけ交わし、高史は自室に姿を消した。その背中を、美月が憮然《ぶぜん》とした表情で見送る。

「信じられない。倫子さんと出会って少しは変わったかと思ったのに、相変わらず愛想がないったら」

車で高史を送ってきた後、三人のやり取りの一部始終見守っていた武時が、「ごめんね、美月ちゃん」と代わりに頭を下げる。

「変わったっつっても、あいつの場合、倫子ちゃん限定だから。残業や休日出勤は減ったものの、会社では相変わらず、鬼専務で通ってるんだよ」

「そうなんだ。別所さんも大変だねー。毎日、尻ぬぐいさせられてさ」

「いやぁ、上司のフォローが秘書の仕事だからね」

「偉いねぇ。ちょっとお茶してく？」

「うん、してく、してく」

初めからそのつもりだったのだろう。武時は「じゃあ、ちょっと車を裏に回してくる」と言って、嬉々とした様子で玄関から出て行った。

倫子は美月とキッチンの前で別れ、いったん自室に戻った。改めて姿見の前に立ち、今日の自分の格好を確認する。

以前、友人と一緒に行ったデパートの婦人服売り場で、たまたま無料で〝パーソナルカラー診断〟という催しが開かれていた。好奇心旺盛な友人に手を引かれて、倫子も自分に似合うカラーをプロに診断してもらった。

冬生まれの倫子だったが、その診断では夏タイプと言われた。

「夏タイプの方は、色白で清楚な雰囲気ですね。淡くソフトな、ブルーベースカラーが似合います」

真に受けたわけではなかったが、頭の片隅にその診断士の言葉がずっと残っているのだろう。いつの間にかクロゼットには、パステル調でブルーベースの色彩が増えていった。

Kからの指示で、普段の仕事着は黒や紺が中心だが、久しぶりにラベンダーカラーのワンピースを着てみると、自分でも容姿が引き立つように思えた。

アクセサリーも服の色に合わせ、自然とシルバーカラーの物が増えた。今日選んだのは、細身のチェーンタイプのプラチナブレスレットと、一粒パールのネックレスだ。

倫子はデートではないと自分に言い聞かせながらも、高史の目にどう映るかを気にしながら、念入りに全体のコーディネートとメイクをチェックした。

前回の食事のときは、美月のおかげでプロにメイクしてもらった。そのせいか、今日の顔はどうも垢抜けない気がした。

鏡の前でうなっていると、すぐタクシーを呼ぶ時間になってしまい、その五分後には高史から『準備ができた』というメールが届いた。

結局、納得のいかない仕上がりのまま、倫子は部屋を出た。


高史が倫子を連れて行ったのは、中央区にあるグルメ誌でも有名な人気店だった。イタリアに修行経験のあるシェフが作る料理は、専門家からも高い評価を受けているらしく、平日の夜にもかかわらず、店はほぼ満席だった。

高史が予約してくれたのは個室で、一番奥の部屋に通された。倫子は高史と向かい合って座った。

コースと食前酒を注文し終えると、高史は「武時にお勧めの店を聞いて予約したんだ」と、正直に話した。

「あいつはこういう女性向けの店の情報に詳しいんだ。その情熱を仕事に回せば、もっといいポストに就けるだろうに」

倫子はクスリと小さく笑った。

「別所さんのことを、とても信頼してらっしゃるんですね」

高史は片眉を軽く上げた。

「以前にも似たような話になったが、君の他人に対する評価は好意的すぎやしないか」

「ああ、性善説のお話ですか」笑顔のまま、倫子は答えた。「感じたままをお伝えしているだけですが、そう思われるのなら、そうかもしれません」

「世の中、そんないい奴ばかりじゃないぞ。普段はたしかに善人でも、我が身が危うくなれば手のひらを返す奴もいるし、平気で身近な人間を裏切ったりする奴もいる。他人を無闇に信用するもんじゃない」

「でも、高史さんは私を信頼してくださってるじゃないですか」

「何？」

「だってそうでしょ？　最近は料理しているところを見なくても、なんの疑いも持たずに私の手料理を召し上がっておいでです。毒入りかもしれないのに」

真顔で言う倫子に戸惑いを覚えつつも、高史は「毒入りなのか？」と冗談を返した。

「いいえ。最初にお作りしたときと同じように、いつも心を込めて丁寧に作っているつもりです」

高史はホッとしたように「なんだ……」と呟き、笑顔を見せた。

「驚いた。君でもそんな冗談を言うんだな」

「冗談に聞こえましたか」

「冗談じゃないなら、なんなんだ？」

「……」

不穏な空気が漂い、高史は不快そうに眉根を寄せた。

「というか、今日は俺に話があったんじゃないのか。用件を聞かせてくれ」

そのタイミングで、前菜と食前酒が運ばれてきた。倫子はフルートグラスの中で泡立つ黄金色《こがねいろ》の液体を見つめ、それを一息に半分ほど飲んだ。そして切り出した。

「単刀直入にお伝えします」

アルコールの勢いを借り、倫子はきっぱりと言った。真っすぐに高史の目を見る。高史も真剣な表情で、倫子の次の言葉を待っていた。

「高史さん、私と、婚約していただけませんか」


七月の第三金曜日。午後八時を過ぎた上石食品本社ビルは、玄関ロビーの明かりも消えて、半年前面接に訪れたときとは、まったく違う会社に見えた。

裏の社員専用の出入り口で守衛に許可をもらい、倫子は上階にある専務室に向かう。

エレベーターを降り、〝専務室〟のプレートが掲げられた両開きの扉の前に立つ。ステンレスと木目調板の組み合わさったドアには、アクセントに縦長の細いガラス板がはめ込まれていて、そのガラス部分から、少しだけ中の様子がうかがえた。

倫子が呼吸を整え、いざノックしようと右手を上げると、ドアが内側から開いた。扉のガラス越しに倫子の姿が見えたのだろう。武時が笑顔で出迎えた。

「こんばんは、倫子ちゃん。部屋、すぐにわかった？」

「は、はい、すぐに。あっ、こんばんは」

中から見られていたことに赤面しながら挨拶すると、倫子は保冷バッグを持ち上げて、ためらいがちに差し出した。

「差し入れ、本当に作ってきてくれたんだ。嬉しい！」

武時は満面の笑みで倫子を中に招き入れ、デスクで電話中の高史に向かい、「優しい婚約者様から差し入れをいただきました」と声をかけた。

武時の言葉に、高史は煩《わずら》わしげに片手を挙げた。倫子の顔がさらに赤みを増す。

武時に促され、倫子は部屋の隅に設けられた応接セットのテーブルに、持参したタッパー類を並べて置いた。

「適当にサンドイッチとおかずを詰めて、持って来ました」

二つの大きなタッパーの中には、具だくさんのミックスサンドとポテトサラダ、唐揚げ、スパニッシュオムレツ、フルーツなどが詰め込まれていた。

「美味しそう。金曜の夜に残業なんで、沈んでたんだよねぇ」

さっそくソファに陣取って、武時は本当に嬉しそうに万歳のポーズをした。

武時にコーヒーを出していると、ようやく電話を終えた高史がやって来た。

「お前、人が電話中にうるさいぞ」

当然のように高史は上座の一人掛けソファに腰掛け、「悪かったな。わざわざ」と倫子を労った。

倫子は「いえ」と控えめに微笑み、魔法瓶に入れたコーヒーを、持参したカップに注いだ。

「どうぞ。まだ熱いので、気をつけてください」

「ああ」

高史は素直に受け取り、美味しそうにひとくち含んだ。

「うん、美味いな。家で飲むのと同じ味だ」

倫子は高史の言葉に笑顔を返し、おしぼりを二人に渡した。次いで皿を手に取って、サンドイッチを二切れ載せて渡した。高史のために、サンドイッチは一つずつラップで丁寧に包んできた。

そして、二枚目の皿を手に取ると、「適当に盛ってよろしいですか?」とたずねた。

高史の了解を得て、料理を取り分ける。同様に武時の分も取り分けて、割り箸と一緒に手渡した。

武時は食べる前に行儀よく手を合わせ、「いただきまーす」と頭を下げてから食べ始めた。

一方の高史は照れもあるのだろう。無言で料理に箸をつけた。その様子を見て、倫子は目を細めた。最近の高史は、倫子と二人きりのときは、〝いただきます〟や〝ごちそうさま〟を言うようになっていたからだ。そんな些細な変化を、自分の前でだけ見せてくれることが、倫子は嬉しかった。

「うっまー!」唐揚げを口に運んだ武時が大声で叫ぶ。「この唐揚げ、激ウマ! あ、ポテサラも。毎日こんな美味しい料理を食べられるなんて、専務、サイコーですね」

「いちいち本当にうるさいな、お前は。だったら、自分も料理の上手い彼女を見つけたらいいだろ。あんまりうるさいと、飯を取り上げるぞ」

静かにサンドイッチに齧りつきながら、高史は面倒臭そうに言った。

「でも、こんなたくさんの量、専務一人じゃ食べ切れませんよ」

武時の指摘に、高史は横に座る倫子を見た。

「君は食べないのか?」

「私は軽く済ませてきました」

倫子がそう答えると、武時が不思議そうな顔をした。

「そーいえば、倫子ちゃん、婚約したのにいまだに敬語なんだね。なんで？」

「えっ⁉」

思いがけない指摘に、倫子は口ごもった。

「それは……癖といいますか、今も高史さんが私の雇用主であることは変わらないので……」

「ああ、そうか。婚約したけど、まだ家政婦してるんだもんね」

「はい。正式に結納を終えるまでは、今までどおり働かせていただく予定です」

「ま、倫子ちゃんにいきなり辞められたら、大河原さんが困るもんな。倫子ちゃんのような後任を見つけるのは大変だろうし」

「いえ、そんな……」

倫子は微妙な表情を見せてうつむいた。高史は何も言わず、黙ってサンドイッチを食べていた。


二人でイタリアンレストランに行った二日後。高史は倫子にプロポーズしたと、みんなに宣言した。

武時と啓子と富三の三人には、高史が直接伝えた。美月には啓子が話し、美月から暁也にも伝えられた。美月の話によると、暁也は驚きはしたが反応は薄かったらしい。

一方、久雄には、同じく高史が電話で報告した。亮子との再婚の際、再婚を認める代わりに、自分の結婚にも口を出すなと高史に言われていた久雄はあっさり二人の婚約を認めた。久雄が本宅に顔を出した際、「あんな偏屈な男でいいのか?」と一度だけ真顔でたずねられたが、倫子が「はい」と答えると、それ以上は何も言われなかった。

亮子には久雄から話が伝わっているはずだが、倫子はあれから一度も会っていないため、婚約をどう受け止めているかは不明だった。

上石家の家族からは、さほど歓迎されている様子ではなかったが、啓子と富三、美月は自分のことのように喜んでくれた。秘書の武時もだ。

Kにはシンプルに、『高史さんにプロポーズされたので、お受けしました』とメールをした。Kからは『おめでとうございます。追って連絡します』という短い返事が届いた。

だが、それから一週間が経った今日まで連絡はない。

婚約後も、倫子の日常はさほど変わらなかった。家政婦の仕事はそのままで、普段の高史とは、相変わらず雇用主と被雇用者の関係が続いていた。

ただ、些細だが変化したこともある。休日に二人で外出するのを、みんなが当たり前のこととして見るようになったし、夜の自由時間は高史の部屋で二人きりで過ごすこともあった。部屋は別々のままだが、もし早朝に倫子が高史の部屋から出て来るところを見かけたとしても、誰も文句は言わないだろう。

今日のように残業で遅くなる高史に、差し入れを持って行っていいかとたずねれば、啓子も、富三も快く送り出してくれるし、武時も当然のように専務室に招き入れてくれる。

以前と変わらぬ自分でいるつもりでも、どことなく周りの自分を扱う空気が変わった気がして、それがくすぐったくもあり、落ち着かなくもあった。

差し入れで空腹を満たすと、先に武時を帰して、高史はそこからさらに一時間残業した。そして倫子と一緒に会社を出た。大通りでタクシーを拾おうとするが、金曜の夜とあって、なかなか捕まらない。

高史の隣に立って、倫子は自分より頭一つぶん背の高い〝婚約者〟の横顔を見つめた。視線に気づいた高史が倫子に顔を向ける。

「どうした？」

「いえ、別に……」

いまだに視線が交わると照れてしまい、倫子はつい目を伏せてしまう。

「疲れたよな。遅くなって悪かった」

「いえ。私が勝手にお節介したんですから、気にしないでください」

「正直、助かったよ。差し入れのおかげで元気が出た」

そう言って、高史は笑った。その笑顔を見て、倫子はひそかに拳を握りしめた。そう、もう一つ婚約後に変化があった。高史が自然な笑顔を、倫子の前ならどこででも見せてくれるようになったことだ。

ようやくタクシーが捕まり、後部座席に乗り込むと、倫子は遠慮がちにたずねた。

「明日はお休みですか?」

「ああ、会議も接待も予定にない」

「一応、私も午後から半休をいただきました」

「そうか。なら予定どおり、出かけられるな」

高史の迷いのない口ぶりに、倫子はためらいを口にした。

「やっぱり……買いに行くんですか?」

「当然だろ」

「でも……」

「俺達は婚約したんだ」

「それは、そうですけど……」

歯切れの悪い倫子に対し、高史の態度は一貫していた。

「まったく。大河原さんに、指輪はどうするんですか？　と聞かれなければ、ずっと気づかないままだったぞ。うかつだった。彼女に指摘されるまで、婚約指輪というものの存在をすっかり忘れていた」

　高史らしい発言だが、倫子は笑えなかった。

「私は別に指輪なんて、いらないいんですけど……」

「気にするな。これも必要経費だ」

　倫子の抵抗をあっさり退け、高史は話をどんどん進めていく。

「それで、希望のブランドはあるのか？　武時に聞いたところ、巷《ちまた》ではティファニーやカルティエ、あとハリー・ウィンストンが人気だとか」

「えっ⁉」

　突然、海外大手のジュエリーブランドの名が挙がり、倫子は思わず声を発した。

「そ、そんな高いブランド物なんていりません」

「だが、あまり安っぽい物を贈るわけにもいかないだろ。これも武時情報だが、婚約指輪の相場は二、三十万らしいな。だが、俺のような立場の人間なら、もう少し奮発すべきだと言われた」

「そんな、あの、本当にいいんですか……」

　あくまで指輪の購入をためらう倫子に、高史は軽くため息をついた。

「君の遠慮する気持ちもわかるが、俺の立場も理解してくれ。上石食品の専務は婚約者に指輪の一つも贈ってやらないケチな男だって悪評が立っても困る」

「はい。それは理解してます」

迷った挙句、倫子は覚悟を決めた。いざとなったら、自分の給料から弁償するつもりで、「わかりました」と小さくうなずいた。

「よかった。で、希望はあるか?」

「じゃあ、あの、いいですか……」

「ああ、なんてところだ」

倫子は正直にヨーロッパの老舗《しにせ》ブランドの名を口にした。それは悟と結婚を決めた際、憧れてはいたものの、その価格ゆえに候補にすら挙げずにいた高級ジュエリーブランドだった。

もしものときは自腹で支払うと決めた途端、妥協したくない気持ちが出てきて、倫子はそのブランドの良さについて話した。

「ベルギー王室御用達の老舗ブランドで、ダイヤの品質も一流と有名です。ここの指輪なら、上石家の名を汚《けが》すことはないと思います」

高史は苦笑いし、「上石家の名など、気にするほどのものじゃない」と言った。

「うちはただの成り上がりだ。広島で冴えないチンピラをしていた親父が、たまたま小金を手に入れて興した事業が運良く成功しただけだ。親父は自分の経営手腕のおかげだと自慢しているが、時代もバブル景気に沸いていたし、今でも裏では危ない橋を渡っている。人に誇れるような話じゃない」

〝裏では危ない橋〟という一言にドキリとしながら、倫子は「そうですか……」とだけ返した。

「とにかく君の気に入った物を選べ」

「高史さんも一緒に来られるんですよね？」

「行かないほうがいいのか？」

倫子は「いえ、そんな！」と大きく両手を振った。

そんな倫子の反応を見て浮かべた高史の笑顔には、倫子への愛しさが満ち溢れていた。

V．本当のハッピーエンド

あっという間に七月が終わり、迎えた八月初めの日曜日。倫子は高史の部屋を訪れていた。

すでに何度か足を踏み入れたことのある寝室で、高史のベッドにうつ伏せになったまま、倫子は「あっ……」と短い声を上げた。

「そ、そこ、効きます」

「ここか？」

「はい。そこです」

高史は倫子の腰の辺りに馬乗りになり、倫子の背中に指で圧をかける。恒例になりつつある高史の指圧マッサージに、倫子は至福の時間を過ごす。

「すごく気持ちいい……」

初めて寝室に連れ込まれ、いきなり「ベッドに横になれ」と言われたときは驚いたが、それがマッサージのためだと知って、倫子はもっと驚いた。

実際に受けてみると、これが予想以上の気持ちよさで、以来、週末は高史の厚意に甘えてマッサージを受けている。

高史は慣れた手つきで、まず全身の筋肉をほぐしてから、肩、背中、腰と揉《も》んでいく。

あまりに手慣れているので理由をたずねたら、「プロに習ったからな」と、意外な答えが返ってきた。

「プロって？」

「武時の親父さんだ。あいつの親父はプロのあん摩師なんだ」

「へぇ……」

「俺は高校のときから片頭痛持ちで、見かねたあいつが親父さんを紹介してくれたんだ。そのとき、いろいろ教えてもらった知識が今も役立っている」

もともと素質もあったのだろう。押されていても、指がしっかりツボを捉えていることが倫子にもわかった。

「本当にお上手ですね。なんだか、お代を払わないと悪いみたい」

「いつも美味い飯を作ってもらっているだけで十分だ」

「はい……」

高史は何かにつけて、倫子の料理を褒めてくれた。でも、倫子自身は自分の料理にそこまでの価値があると思っていなかった。たしかに得意は得意だが、それは素人レベルの話であって、プロの料理人と勝負できるほどではない。一流店で食事をする機会の多い高史が、自分の平凡な家庭料理にそこまで感動するはずがなかった。

だから、高史が褒めてくれるのは、自分に気を遣わせないための〝口実〟であることを、倫子はわかっていた。

そんな高史の気遣いが、倫子にはたまらなく嬉しく、同時にたまらなく切なかった。二人で過ごす時間が増えるほど、今まで見えていなかった高史の優しさが伝わってきて、もっと甘えたくなる。許されないことだとわかっていても、すべてをさらけ出して、すべてを委ねたくなる。

もし〝好き〟と伝えたら、高史は受け入れてくれるだろうか。

倫子はTシャツ越しに伝わってくる高史の手の温もりが愛しくて、上半身をひねって高史に顔を向けた。

「どうした?」

倫子は無言のまま、高史の脚の間に挟まった腰をひねり、ゆっくりと上体を起こす。

「りん……」

高史が名前を呼び終える前に、倫子の右手が高史の左手を掴んだ。高史は一瞬驚いた顔をしたが、そのまま倫子と見つめ合った。

いかなるときも、高史は紳士だった。先日、上石家の親戚の法事に出席することになり、二人でホテルに泊まったときも、倫子を先に入浴させ、自分は後から入って、そのままツインのベッドで別々に眠った。

あの日のことを思い出すたびに、倫子は切なく惨めな気持ちになった。そして今も高史は自分を求めてこない。

「私……魅力、ないですか？」

「何？」

「だって、ホテルに泊まっても、何もなかったから……」倫子が訴えるような目で高史を見つめる。「私って、そんなに魅力がないのかな……って」

「馬鹿な」

高史がいきなり倫子の手を離した。

「君に魅力があるとかないとか、そういう問題じゃない。たしかに俺たちは婚約しているが、それはあくまで〝Ｋ〟を特定するためのものだ。俺はその気のない女性を、無理やり抱くようなことはしない」

高史の言葉に、倫子は悄然《しょうぜん》としてうなだれた。

「そう、でしたね……」

うつむく倫子を、高史は気遣わしげに見つめた。

「君が俺を好きだと言うなら、俺だって考える。だが、そうじゃないだろ?」

倫子はますます力なくうつむいた。本当は好きだと告白したかった。だが、自分が高史に見合う相手だとは到底思えなかった。

倫子が押し黙ると、高史はベッドから降りて、ベッド脇の肘掛け椅子に腰掛けた。そして額を片手で押さえて、目をつぶった。

倫子はベッドの上で正座をすると、見えているのか、見えていないのかわからない相手に、「申し訳ありません。忘れてください」と深々と頭を下げた。


先月、高史にイタリア料理店に連れて行ってもらったあの日、倫子は「私と婚約していただけませんか」と驚くべき申し出をした後、これまでの事情を洗いざらい告白した。高史は初めこそ半信半疑だったが、倫子の真剣な表情から、すぐに冗談の類いではないことを理解した。そして、Kなる人物の危険性をはっきりと認識した。

翌日、高史は機械に詳しい友人を自宅に招き、啓子や富三が外出したタイミングで、ひそかに盗聴器の探索を行った。

その結果、驚いたことに、久雄夫婦の部屋、応接室、娯楽室、和室、キッチン、そして倫子の部屋から機器が見つかった。いつも鍵のかかっている高史の部屋には仕掛けられていなかったことから、Kはこの屋敷に出入りしたことのある人物の疑いが強まった。

あえて盗聴器はそのままにし、以降、Kに関する会話は高史の部屋で行うというのが二人のルールになった。

友人を帰した後、さっそく二人は高史の部屋で対策会議を開いた。倫子はKから受け取った書類やメールを高史に見せ、どうするべきか指示を仰いだ。

高史は「君の言うとおり、婚約しよう」と言った。婚約を発表すれば、Kから次の指令が出る。その内容から相手が絞り込めるかもしれないし、本当の狙いが明らかになれば、対策を講じやすい、というのが高史の考えだった。

過去にKが久雄のせいでどんなひどい目に遭わされていようと、復讐のためだけに、ここまで手の込んだことをするとは考えづらかった。おそらく別に狙いがあるというのが二人の一致した意見だった。

「狙いがはっきりしないとはいえ、Kが上石家に恨みを持っているのは明らかだ。しかも、まるで人間を駒にして、ゲームを楽しむかのようなやり方も気に食わない。なんとしても正体を突き止めたい。だから、君にも協力してもらいたい」

自分から言い出したことながら、倫子はそこで急に、「虚偽の婚約をする」という事実に怖気《おじけ》づいた。破棄を前提にした婚約だ。高史の経歴にも傷をつけるだろう。

「もともと私はその覚悟でしたから構いませんが、高史さんは私と婚約することで、いろいろ不利益を被ることも出てくるのでは……」

気遣う倫子に高史は「心配は無用だ」と言い切った。

「どうせ生涯独身のつもりだった。長い人生で一度くらい、誰かと婚約していたことがあってもいいだろう」

口調は明るかったが、「生涯独身のつもりだった」という高史の言葉に、倫子はショックを受けて黙り込んだ。母親の死がそこに深く影響していることは明白で、倫子はなぜか自分がつらくなって黙り込んだ。お金には恵まれても、家庭には恵まれなかった高史を、倫子は改めて気の毒に思った。

高史は相手の出方を待つだけでなく、興信所に勤める友人に調査を依頼することも決めた。依頼内容は、過去に上石家とトラブルのあった人間のリストアップだ。そして「可能なら、君のお父さんのことも調べてもらう」と遠慮がちに言った。

「もし、Ｋの言葉が真実なら、俺の親父は君の家族に取り返しのつかない罪を犯したことになる。それが真実なのかどうか、俺も知っておきたい」

「高史さん……いまさら私は、別にそんなこと……」

倫子は父のことまで高史に話してしまった自分の軽率さを悔やんだ。高史の性格を考えれば、彼が気に病むことはわかっていたはずだ。

「それと、大川悟と言ったか。君の元婚約者にも、何か詫びをする必要があるかもしれないな」

「そ、それは、必要ありません！　ＵＰマートができて大川ストアが潰れたのは、競争社会の常です。社長にも、当然高史さんにも、責任はありません」

「だが、父の差し金で嫌がらせが行われていたのなら……」

「それは、絶対にあり得ません！　あのお忙しい社長が、たかが地方の小さなスーパーを潰すために、そんな手間をかけるはずがありません」

倫子の本心だった。忙《せわ》しなく国内外を飛び回る久雄に、そんな暇があるとはとても思えなかった。

高史は倫子の言葉に「そうだな……」と、少しホッとしたように呟いた。倫子はこれで悟の話題は終わったと思い、胸を撫で下ろしていると、続きがあった。

「それで……聞いた話だが、彼が一度、この家まで会いに来たそうだな。君こそ俺と婚約して本当に大丈夫なのか？」

強烈な一撃に、倫子は飲みかけのコーヒーを噴き出しそうになった。

「どうして、それを……」

「大河原さんと美月が教えてくれた。婚約者なら知っておくべきだと」

「ああ……」

親切でお節介な二人を恨みたい気分で、倫子は大きく肩を落とした。

「悟……大川さんのことはもういいんです。最悪の別れ方をして、正直、もう二度と会いたくないほどなので」

「そうか……。ならお互い、婚約しても問題はないな」

「はい」

ない、よね……そう自問自答しつつ、倫子はうなずいた。

そして翌日、高史は倫子と婚約したことを発表した。婚約発表後の高史は、このうえなく優しい婚約者に変身した。これまでもさり気ない思いやりは十分に伝わってきたが、その言葉も、表情も、はっきりと倫子を気遣うものに変わった。

周囲の者はそれを〝愛ゆえ〟のことだと受け止めたが、倫子は高史なりの罪滅ぼしに感じていた。Kの話のどこまでが真実かわからないが、もし自分の父親のせいで倫子がつらい人生を歩んできたのならば、その償いをしたいのだろう。

たとえ贖罪ゆえの行為だとしても、好きな人に女性として優しく扱われるのは嬉しかった。倫子は「今だけよ」と自分に何度も言い聞かせた。Kの正体がわかるまでのちょっとした夢の時間……。いつか覚める夢ゆえに、倫子はこのひとときの幸せを噛みしめた。

けれども、幸せであればあるほど、覚めた後の喪失感が大きいことも、倫子はわかっていた。それだけに高史の優しさに、逆に胸が張り裂けそうになることもあった。高史に感謝すると同時に、憎みそうになる。

〝そんなに私に申し訳ないと思うなら、このまま結婚してください〟

そんな最低の台詞さえ口にしそうだった。

でも、自分の気持ちを伝えるわけにはいかなかった。好きだと言えば、高史が断れないことを、倫子はわかっていた。

そこまで汚い女にには、どうしてもなれなかった。

事態が急転したのは、八月二十七日、土曜日のことだった。

七月の夕食会と同じように、久雄が召集をかけた。しかし、呼ばれたのは家族だけではなく、住み込みで働いている啓子や富三、倫子もだった。

指定された場所は応接室で、時間は午後二時と、食事をするには中途半端な時刻だった。思ったとおり、久雄の指示でお茶だけが用意された。楕円形のテーブルの前に、亮子と高史、暁也の三人が座り、倫子たち従業員は、テーブルの後ろの壁際に控えた。

指定時間を五分過ぎて、久雄が現れた。隣に山根《やまね》という顧問弁護士を従えていた。山根弁護士の登場により、重大な話が予想され、その場にいた全員に緊張が走った。

久雄はいつものように中央奥の上座に落ち着き、初老のイギリス紳士然とした山根弁護士がその隣に座った。

「突然だが、ワシはこのたび、遺言書を新たに作り直すことにした」

唐突な久雄の宣言に、亮子はもちろんのこと、物静かな暁也や冷静な高史までもが思わず声をもらした。

「えっ⁉」

その場にいた全員の視線が集まる中、久雄は「こういう問題は、機を見るに敏であるべきだからな。対応は早いほうがいい」と、泰然とした態度で言った。

その言葉の意味をたずねる時間も与えず、久雄は「では、よろしく頼む」と山根弁護士に声をかけた。

山根弁護士は立ち上がり、アタッシュケースから書類ファイルを取り出すと、遺言書の作成手順について説明を始めた。

まず、久雄が新たに遺言書を書き換える意志があることを話し、ここで内容を発表後、すぐに公正証書遺言の作成に取りかかること、その際の執行人は自分が務めることなどを最初に述べた。そして、公正証書の作成に必要な証人として、久雄と古くから付き合いのある他会社の社長二名が立ち会うことが告げられた。

その後も山根弁護士は、遺言書のルールや相続する側の権利等について、丁寧すぎるほど説明した。「ですから、今回の遺言の内容について、不服のある方は……」と言いかけたところで、突然、亮子が大声を上げた。

「あー、面倒臭い！」

驚いて、みんないっせいに顔を向けた。黒いドレスに身を包んだ亮子は周りのことなどおかまいなく、「どーでもいいわよ、そんな前置き」と言い捨てた。

「二年前にも同じ話を聞いたじゃない。ルールはあのときと一緒でしょ？　だったらさっさと遺言の内容を教えてよ」

「亮子、黙っていなさい」

久雄がたしなめるものの、亮子は意に介さず、「あんまり話が長引くようなら、私、帰るわよ。この辛気臭い家にいつまでもいたら、服にカビが生えちゃいそうだもの」と暴言を吐いた。

「亮子……」

さすがの久雄も手が負えないのか、珍しく弱々しい声で呟いた。このままでは亮子が本当に帰りかねないと思ったのだろう。久雄は山根弁護士に本題に入るように告げた。

山根弁護士は一瞬呆れた顔を見せたものの、すぐにポーカーフェイスに戻り、「では……」と、話を再開した。

発表された内容は、その場にいた全員に衝撃を与えるものだった。

「……以上です」

魅力的な低音で、山根弁護士が発表を終えた途端、亮子が椅子を蹴って立ち上がった。

「冗談じゃないわ！」

亮子は鬼の形相で、夫と弁護士に食ってかかった。

「あなた、本気なの？　妻にこんな酷い仕打ちをして、一体どんな神経をしてるの！」

久雄は苦々しい表情で、「熟慮の末の決断だ。納得いかんだろうが、すべて会社のためだ」と答えた。

「あり得ないわよ！　なんで私がもらえるのは、あのマンションと保険金だけなのよ？　妻の権利をなんだと思ってるのよ！」

亮子が激怒するのも無理はなかった。久雄の新たな遺言は、前回とまったく異なる内容だったからだ。

まず、妻の亮子には、現在二人が暮らすマンションと、久雄が加入している一億円の生命保険金の受取人に指定することが明かされた。

次いで、長男の高史には、久雄名義のこの屋敷の土地家屋権利すべてと、国内外に所有する不動産およびリゾート会員権の半分、そして久雄が保持している上石食品および他会社の株券すべてが譲られることになった。

次男の暁也には、高史に譲る不動産の残り半分と現金五千万円。このほか、骨董品や絵画など、美術品として価値ある久雄のコレクションすべてが譲られる。

また、長年仕えてくれた啓子と富三には、すでに約束されている退職金の一千万円のほかに、在職中に久雄が死亡した際は、久雄の預貯金の中からさらに一千万円の現金および上石食品の株式が贈与されることが約束された。

そして、残った金銭はすべて地元の慈善団体に寄付となる。

驚きの遺言内容に、啓子と富三は感激した様子で、手を取り合って喜びを露わにした。

高史にとっても、新たな遺言は歓迎すべき内容だった。父親の持ち株を得ることで、取締役としての地位が確固たるものになり、後継者として社長の座に就くことが決定したも同然だった。

暁也も、予想外に多くの遺産を譲られることに、戸惑いつつも安堵の表情を見せた。

ただ一人、亮子だけが大幅に取り分を減らされ、それは結婚以来、妻らしい務めを果たしてこなかった亮子への、久雄なりの報復にも思えた。

しかし、遺言はそれで終わりではなかった。

「おい、山根君。条件の項目が抜けているぞ」

久雄の言葉に、山根弁護士が「ああ」と、慌てて書類をめくった。みんなの目が再び集中する。

「失礼いたしました」

山根弁護士は軽く咳払いをし、「ただし、長男、上石高史への相続分に関しては、遺言執行時、独身でいることをこの条件とする」と、驚くべき文言を読み上げた。

「なっ！」

高史は椅子を蹴って立ち上がった。

「万一、彼が妻帯者であった場合は、相続分から、この屋敷の土地家屋権利すべてと、上石食品の株式すべてを、次男、暁也に譲渡するものとし、国内外に所有する不動産およびリゾート権の半分は、妻、亮子に譲渡するものとする」

「えっ⁉ それって、つまり……」亮子が呟く。

全員が唖然《あぜん》とした表情で顔を見合わせた。つまり、高史が結婚した場合、父親から譲り受ける財産はないということだ。

「いったいどういうことですか！」

当然のごとく、高史は父親に食ってかかった。

「言ったはずです。私はここにいる立脇倫子と結婚するつもりだと。それなのに、なぜ、そんな条件をつけたんですか‼」

久雄は無表情のまま、「家政婦などと結婚する馬鹿に、会社は任せておけんということだ」と言った。

「あなたはホステスと結婚したでしょ？ 家政婦の何が悪いんだ！」

「ワシの遺産をワシがどう扱おうが勝手だろ。悔しかったら、お前も一代で会社を作って、でかくしてみろ」

久雄の言葉に、亮子が小さく嘖いた。

「まったく、お父様の言うとおりね。高史さん、悔しかったらあなたも、一代で財を成してみれば？　当然、そこの立脇さんを愛しているのなら、遺産目当てに別れたりはしないわよね」

その嫌味な発言に、高史は亮子を睨みつけた。

「うるさい！　あんたは黙ってろ」

「あら、怖い。でも、言っておくけど、久雄さん。この遺言には、私も納得してないわよ。長男が結婚しなければ、結局、私の取り分は変わらないままじゃないの」

「そうだな。だが、お前は株券よりも、現金が好きだろ。それにこれは、お前の進言あっての結果だ。あの家政婦は胡散臭《うさんくさ》い。長男はすっかり骨抜きにされていると、ワシに言ったのはお前だろ」

「ちょっと、ここでそんなことバラさないでよ！」

亮子が慌てた顔で叫び、高史と倫子は二人揃って亮子の顔を見た。

「貴様……ふざけたことを！」

高史がうなるような声を上げる。亮子は慌てて席を立ち、久雄の後ろに回った。

「やぁねぇ。私はちょっと報告しただけよ。それを聞いて今回の条件をつけたのは、あくまで久雄さんよ」

「ふざけるな！　自分の取り分を増やすために、わざとそんなデタラメを親父に吹き込んだんだろ。お前の魂胆は見え透いてるんだよ‼」

「高史さん！」

今にも亮子に飛びかからんばかりの高史を見て、倫子はその腕を掴んだ。いきり立つ息子を見て、久雄は大きなため息をこぼした。

「やれやれ。いつからお前はそんな愚直な振る舞いをする男になったんだ。恋は人を盲目にすると言うが、正直、ワシは失望したぞ」

「何！」父親の暴言に、高史は余計に声を荒げた。「娘みたいな年の女にうつつを抜かし、すっかり骨抜きにされた色惚けジジイに、偉そうに説教される筋合いはない！」

「何だと！」

「た、高史さん！」

倫子が懸命に高史の腕を引いて止めに入るが、父と息子の罵《のの》り合いはエスカレートする一方だった。

「父親に対し、なんたる不敬だ。いつからお前はそんな恩知らずになった‼」

「恩だと？　ただ犬猫のように飯を食わせ、親らしいことなど何一つしていないくせに、いまさら父親風を吹かせるな！」

見かねて啓子も止めに入ったが、高史の信じがたい暴言に、久雄の怒りは頂点に達した。倫子に顔を向けると、「お前はクビだ！」と声を張り上げた。

「なっ……」

思いもしない展開に、誰もが呆然とする中、久雄の怒声が響く。

「明日までにこの家を出て行け！　出て行かぬなら、力づくでも追い出すぞ」

この家の絶対君主である久雄に鬼の形相で迫られ、倫子は金縛りに遭ったように動けなくなった。

高史が「彼女に八つ当たりするな！」と、かばうように倫子の前に立つ。しかし、久雄はフンと鼻を鳴らし、いきなりテーブルから離れた。

「話は以上だ。みんな、出て行け」

「待て！　俺の話は済んでない‼」

「ワシの話は済んだ。お前の話をこれ以上聞く気はない」

久雄は山根弁護士を従え、部屋を出て行った。亮子が慌てて立ち上がり、「私の話も聞いてよ！」とその後を追う。

高史は倫子の肩に手を置くと、「安心しろ。絶対に君を追い出させたりしないから」と声をかけ、同じく久雄の後を追った。

残された倫子に、啓子と富三が哀れみの目を向ける。暁也までもが「立脇さん……」と心配そうに声をかける。

放心状態だった倫子はみんなの視線に気づき、「クビって言われちゃいました」と無理に笑顔を作った。

とりあえず、休んでいるように言われた倫子は力なく自室に戻ると、しばらくへたり込んだ後、最後の力を振り絞って、Ｋにメールを送った。

『ゲームオーバーです。家政婦をクビになりました。高史さんとの婚約も破談になると思います』

少し待っても、Ｋから返事はなかった。倫子はそのまま荷造りを始めた。

高史は安心しろと言ったが、久雄のあの怒りようを見れば、翻意させるのは、難しく思えた。何より自分のせいで、これ以上、二人の親子関係にひびが入ることは避けたかった。

あえて倫子は何も考えないようにした。今、高史のことを想えば、涙が止まらなくなるのは目に見えていた。だから、いつものように黙々と身体を動かした。

持ち物は少なく、整理もされていたため、片づけは二時間足らずで終わった。そのまま座り込んでいると、部屋をノックする音が聞こえた。重い身体を引きずって、ドアを開けると、高史だった。

「入っていいか？」

「はい」

高史はまとめられた荷物を見て眉をひそめた。

「どうしたんだ、これは？」

「え……」

「なぜ荷作りを？」

倫子は「だって……」と、そこで初めて涙を見せた。

「あんなことを言われて、ここにいられるわけ、ないじゃないですか」

「……すまん」

泣き出した倫子を、高史は優しく抱きしめた。

「まさか親父があんな卑怯な真似をするとは、考えてもいなかった。君にまでつらい思いをさせて、本当にすまない」

倫子は無言で首を横に振った。

「いいんです。私が身を引けば済むことですから」

「馬鹿な」

「本当にいいんです」

すると、高史は倫子の両肩を掴み、「ダメだ。絶対に出て行かせない」と言った。

「とにかく、今、親父は頭に血が上っていて、まともな会話にならない。散々粘ってみたが、取りつく島なしだ。だが一晩立てば、少しは冷静になるだろう。明日、また話をしてみるから、お願いだから待ってくれ」

「……社長は今夜、こちらに泊まられるんですか？」

「ああ。あの女のほうは、親父に邪険に扱われて出て行ったけどな」

「そうですか……」

高史は倫子の肩に手を置いたまま、優しい声で言った。

「俺もついカッとなったことを反省している。君のためにも我慢しなければならなかったのに……。明日は頑張って、冷静に親父を説得できるよう努めるよ。だから君もしばらく耐えてほしい」

「……わかりました」

迷いながらも、倫子はうなずいた。

そのままうつむいていると、高史は倫子の頬に触れて、そっと上を向かせた。次の瞬間、高史の唇が自分の唇に重なり、倫子は無意識に目を閉じた。

初めて交わすキスは、驚くほど突然で、春風のようにさり気なかった。

高史の顔が離れ、倫子はゆっくりとまぶたを開けた。これまで見たことがないほど熱のこもった眼差しがそこにあった。

「好きだ。信じてほしい。君以外の女性を妻にする気はない」

「高史さん……」

再び温かな腕に包まれて、倫子は意思を失くした人形のように、高史の胸に身体を預けた。そのまま目を閉じると、高史の鼓動が優しく耳に響いてきて、気持ちが静まっていくのが自分でもわかった。

最悪な状況の中、倫子はこれまでの人生で一番の幸福を感じていた。

その日の深夜二時。上石家の母屋は昼間の騒動が嘘のように、静寂に包まれていた。

倫子は遠くで、ドアの開く音を聞いた気がした。早めに床についたせいか、いつもは熟睡している時間なのに目を覚ました。

すると、ほんのり点灯していた常夜灯のオレンジの光を何かが遮った。気づくと、薄闇の中、誰かが倫子を見下ろしていた。

「誰……？　高史さん……？」

倫子が呟くと、その人影はびくりと震えた。その直後、いきなり相手の両腕が伸びてきて、倫子の首に手をかけた。

「ぐっ……」

倫子は抵抗しようと身をよじったが、その首に細い指が食い込み、苦しくて視界が揺れた。

倫子は、自身に起きていることが現実とは思えず、〝これは夢なのだろうか〟と、朦《もう》朧《ろう》とする頭で考えていた。

だが、夢にしては首に感じる痛みは強烈だった。倫子は必死に自分の首を絞める女の顔に手を伸ばした。倫子の指先が女の掛けた眼鏡に触れた瞬間、倫子の意識は遠ざかり、力をなくした手がベッドに落ちた。

深い闇に落ちながら、倫子は〝なぜ？〟を繰り返していた。

一本に結んだ黒髪に黒縁眼鏡、地味なTシャツとジーンズにエプロン――。自分の首を絞めた女は、紛れもなく倫子自身だった。

倫子が意識を失くしたことを確認すると、もう一人の〝倫子〟は目当ての物を探した。枕元に黒いプリペイド式の携帯電話を見つけ、エプロンのポケットにしまう。それからドレッサーの引き出しを開け、茶封筒を取り出した。中に、自分の送った書類が一式入っていることを確かめ、それを手に部屋を出た。

これでKの証拠は消えた。

このまま一息に仕事を片づけるため、偽の倫子は別の部屋に向かった。合い鍵を使って中に入り、そっと室内の様子をうかがう。ベッドサイドの小さな明かりを頼りに、部屋の奥へと進んでいく。

クイーンサイズの大きなベッドの右端が盛り上がっているのを、闇に慣れた目で確認する。そして、エプロンのポケットから、あらかじめ、この家のキッチンから拝借してあった出刃包丁を静かに取り出した。

「これですべて終わりよ」

小さく呟き、偽の倫子は手にした刃物を大きく振り上げた。

そのときだった。部屋の明かりが灯り、室内が眩《まばゆ》い白に染まった。女はとっさに片手で光を遮り、振り上げていた手を下ろした。

いつの間にか、ドアの所に高史が立っていた。

「な……」

倫子によく似せた女の姿を見て、高史は苦々しい表情で相手を睨みつけた。

「やはり、お前がKだったのか」

「なんのこと？」

亮子はとぼけようとしたが、倫子に変装した今の姿ではごまかしようのないことに気づき、小さく舌打ちした。

「邪魔しないで、高史。この男が死ねば、あんただって嬉しいでしょ」

「別に嬉しくはない。そんな男でも父親だ」

意外な答えに、亮子は「あらそう」と興味なさげに顔を背けた。

「でも、残念ね。私はこの男を殺さないと気が済まないの」

「亮子。彼を殺してなんになる。それで本当にお前は気が晴れるのか？　復讐する相手を殺してしまえば、もっとつらくなるんじゃないか？」

「……ならないわよ」

そう言って亮子は、再び手にした包丁を振り上げた。しかし、刺そうとした相手がじっと自分を見つめていることに気づき、亮子は動きを止めた。

久雄は眠っていなかった。自分を殺そうとする妻を無言で見つめていた。

「あなた……」

「亮子、ワシがそんなに憎いか？　ワシなりに、お前に償ってきたつもりだったが、それでもまだお前の中の憎しみは消えないのか？」

「えっ？」

「親父は過去をすべて承知のうえで、お前と結婚したんだ」

高史がそう言うと、亮子は「嘘よ！」と叫んだ。しかし、久雄が「本当だ」と、高史の言葉を肯定した。

「お前の過去は調べた。そのうえでワシはお前と結婚した。……つらい思いをさせたお前に、罪滅ぼしがしたかったんだ」

「罪滅ぼしですって？　あんたの口からそんな言葉が出てくるなんて驚きだわ。病身の妻を放って仕事にかまけ、二人の息子にも、ろくに父親らしいことをしてこなかった冷血漢のあんたが罪滅ぼし？　笑わせないでよ」

本性をさらし、亮子は鼻先で笑った。

するといと、久雄がゆっくり身体を起こし、「そのとおりだ」と静かに言った。

「ワシは会社を大きくすることばかり考えていて、妻のことも、子供たちのことも、まったく省みなかった。それでも、子供らには財産を遺してやれるが、妻の貴子にはもう何もしてやれない。だから、貴子に償えない分、同じように不幸な目に遭わせてしまったお前に、精いっぱい償いたかった」

「償いって、マンションや車、宝石やドレスを与えること？　あんなのが償いになるって、本気で思ってるの？　あんたのせいでね、私はすべてを失ったのよ！　愛する男も、幸福な家庭も、生まれてくるはずだった我が子さえも」

亮子の罵声はやまなかった。

「私の受けた苦しみを思えば、あんたの命一つじゃ、全然足りないのよ。あんた一人じゃ、何百回殺しても足りないわ！」

亮子は眼鏡を投げ捨て、「ふざけんじゃないわよ！」と言って、涙を流した。

「亮子……」

すっかり憔悴《しょうすい》してしまった久雄を見て、高史が「お前は勘違いしてるんだ」と亮子に話しかけた。

「たしかにお前と夫の店が倒産したのは、ＵＰマートが原因かもしれない。だが、嫌がらせ行為は田淵一人の独断だ。父の指示じゃない」

「嘘よ。私、見たのよ。田淵が喫茶店でこの人から直接封筒を受け取った後、中の札束を数えているところを」

亮子はベッドで起き上がった久雄を見て、いまいましげに言った。

「この男の命令で田淵は動いていたってことじゃない。今になっても、まだごまかす気？　諸悪の根源はこの男よ！」

「違うんだ。田淵は勝手にUPマートの競合店に嫌がらせをして、親父に金をせびってたんだ」

「そんな話、信じられるわけないでしょ。じゃあ、なんであいつに金を払う必要があるのよ？　おかしいじゃない」

「それは……」高史はためらいながらも続けた。「親父には、あの男に金を渡さざるを得ない事情があったんだ」

「どんな事情よ？」

「……あるネタをもとに脅されていたんだ」

そう言うと、高史は久雄に「話してもよろしいですか？」とたずねた。久雄はうなだれたまま、「ああ」と小さな声で返事をした。

「母が亡くなったとき、家の中には、まだ幼かった俺たち兄弟しかいなかった」

「その話は耳にしたことがあるわよ」

「大河原さんは買い物に出てて、若い家政婦が留守番を言いつかってたんだが、母の看病が嫌で家の外にいたんだ。その家政婦は当時、親父の愛人だった」

「……」

「家の表に救急車が到着して、その家政婦はようやく大変なことが起きたことを悟った。だが、母は亡くなってしまった。家政婦は事の大きさに動揺して、そのまま家から姿を消した。田淵はそのネタで親父を強請《ゆす》っていたんだ」

「そんな……本当なの？」

亮子は驚いた顔で久雄を見たが、彼はうつむいたまま無言だった。代わりに高史が答える。

「本当だ。元々、広島で借金の取立屋だった二人だが、一人だけ成功した父を、田淵は恨んでいた。母の死にハイエナのような嗅覚で金の匂いを嗅ぎ取り、逃げ出した家政婦を掴まえて彼女から話を聞いたんだ。奴はこのネタを週刊誌に売ると言って、父を脅迫した。口止め料を払ったら、今度は、奴はＵＰマートのライバル店に嫌がらせを行い、父のためにやったと言った。だから謝礼を寄越せと。母の件があり、父はあいつの言うとおりに金を払うしかなかったんだ」

「ひどい……。本当にその家政婦のせいで、前の奥様は亡くなったの？」

「……」

口をつぐんだ久雄の代わりに、高史が話を継いだ。

「そうとは言い切れない。いつ亡くなってもおかしくないほどに母は弱っていた。だが、親父は二重、三重の負い目があった。母のことは放ったまま、病身の母の身近な人間を愛人にし、母の死を幼い俺たち兄弟に看取らせて、心に傷を負わせたこと……。だから、親父は強請られたこと以上に、田淵の存在を自分への罰として金を払い続けてきたんだと、俺は思ってる。なぜなら、親父の力をもってすれば、田淵の弱みを握ることくらい簡単なはずだから」

「……」

「……ワシはがむしゃらに働いた。働いて、働いて、会社を大きくし、せめて息子たちに困らないだけの財産を遺すことだけが、自分にできる罪滅ぼしだった……」

久雄は両手で頭を抱え、何十年も秘めてきた胸の内を懺悔するように告白した。

「じゃあ、あの遺言書は……」

「高史から匿名の復讐者がいると聞き、ワシはすぐに亮子だと思った。だから、できるだけお前を刺激して、ボロを出すように、偽の遺言書を作った。本物の遺言書は別に用意してある」

「……本物はどんな内容なの?」

「偽の遺言書と変わらん。ただ、高史たちに課した結婚の条件などはない。高史には無条件で遺産を譲る」

　亮子はハッとした表情を浮かべ、呆れたように笑った。

「それであの、いつもポーカーフェイスな山根弁護士がどこか挙動不審だったわけね。本来はない偽りの条件を、後で付け足したりしたから」

「そうだ。いったいなんの必要があってこんな嘘をつくのかと聞かれたが、ワシはあれには理由を教えておらん」

　すべてに合点がいき、亮子は大きなため息をついた。そして、自嘲《じちょう》めいた笑いを浮かべて言った。

「……参ったわね。あなたを殺してあの娘に罪を被せれば、私は復讐を果たしたうえで、上石家の莫大《ばくだい》な遺産も手に入れられると思ったのに、いつ、その筋書きが狂ってしまったのかしら」

　すると、高史が「倫子の良心が、悪魔の心に勝ったんだ」と突き放すように言った。

「自分と似た境遇の倫子を、上手く計画に引きずり込んだつもりだったろうが、倫子はお前とは違う。彼女は自身の不幸を、誰かのせいにしたりはしない」

「なんですって？」

　険しい目つきで睨みつけてくる亮子を、高史は冷静な眼差しで見返した。

「倫子はクビになる覚悟で、俺にすべてを打ち明けてくれた。お前は、彼女に負けたんだ」

図星を指されて、亮子は目を伏せた。

すべては高史の言うとおりだが、何年もの間、復讐を果たすためだけに、自分と生活を共にしてきた亮子もまた、久雄には哀れに思えた。

「亮子……」

「……違う。〝亮子〟なんて人間はもういない。そんな名前、私の中では、とっくの昔に捨てたわ。私は〝圭子〟よ。知ってるでしょ？　私の昔の源氏名よ。前の夫との間に生まれるはずだった、娘の名前よ！　あんたのせいで、生まれることなく消えてしまった……」

興信所勤めの友人の調査により、高史は亮子の過去をすべて把握していた。亮子が最初の結婚の時に流産し、子供を産めない身体になったことも、ホステス時代の源氏名も。だから、〝K〟が〝圭子〟である疑いを強めた。ただ、その源氏名が娘に付けるはずの名であったことは、さすがに知らなかった。

せめて名前だけでも、娘と一緒にいたかったのだろう。高史は亮子の癒えない深い悲しみを見た気がした。

亮子は名前を呼んだきり、口を閉ざしたまま動かない久雄を、憐憫の眼差しで見つめた。そして、皮肉なのか本心なのかわからない口調で言った。

「わかってたわ。あなたが私を本気で愛していないことは。でも、それは前の奥様への贖罪《しょくざい》から来るものだと思ってた。あなたは私を通して、亡くなった奥様に詫びているつもりだったんでしょ？　だけど、その贖罪にはなんの意味もないわ。ただの自己満足の独りよがりよ」

　無分別で愚かな女の仮面を脱ぎ、亮子は続けた。

「そして、何かに怯えていた理由も、これではっきりした。あなたも自業自得とはいえ、かわいそうな人ね。正直言って、復讐する気が失せたわ」

　ベッド脇の棚に包丁を置き、亮子は高史の前に立った。

「どうする？　私のことを警察に突き出す？」

「それを決めるのは俺じゃない」

　高史はベッド上の父親を見た。久雄はうつむいたまま、ゆっくり首を横に振った。

「父にその気はないそうだ」

「そう……。親子揃って甘ちゃんなのね。そうだあの娘、部屋で気絶してるはずよ。頸《けい》動脈を絞めただけだから、心配いらないと思うけど、見に行ってあげたら」

「言われるまでもない。ここへ来る前に、彼女はもう嘉川達に託してある。廊下を歩く倫子そっくりの女を監視カメラで見つけたときも、本気で驚いたが……部屋で気を失っている彼女を見つけた時は、心臓が止まるほど驚かされた。……彼女が無事で良かったな。倫子にもしものことがあれば、俺がお前をこの場で殺していた」

「あら、そう。殺せなくて残念ね」亮子は不敵に笑ってみせた。「迂闊だったわ。監視カメラなんていつの間につけたの？　でも私、彼女を傷つけるつもりはなかったの。あの子の目が覚めたら、代わりに謝っておいてくれる？」

「御託はいい。さっさと出て行け」

怒りを抑えた表情で、高史は道を開けた。

亮子は変装を解き、眼鏡とエプロンを外すと、部屋を出て行った。玄関の引き戸が開き、また閉まる音を、高史は黙って聞いていた。

「あの子は無事か？」久雄が聞いた。

「ええ。首に多少痣《あざ》ができていましたが、命に別条はなさそうです。いったん意識を取り戻した後、首を絞められたことに気づいて、今度はショックで気を失っただけのようですから」

すでに啓子と富三に頼み、倫子を花井総合病院に運んでもらった高史はそう答えた。

「僕はこれから病院へ行きます。花井院長には事情を説明し、首の痣については他言しないよう頼んでおきます」

「うむ」

高史は久雄に背中を向けて、部屋のドアに向かった。ノブに手をかけたところで、後ろから、か細い、しわがれた声が聞こえた。

「……いろいろとすまなかったな」

高史は生まれて初めて父の詫びの言葉を聞き、驚いてベッドを振り向いた。

「お前には感謝してる。あの娘を本気で愛してるなら、ワシは何も言わん。お前の自由にしろ。会社も、結婚も、お前の好きにしろ」

「父さん……」

高史は涙腺が緩みそうになるのを堪え、いつもの〝自分〟を作った。

「ありがとうございます。暁也も呼びますか？」

「そうだな。あれにも謝らなくてはな」

高史は黙ったまま頭を下げると、病院へ向かった。


明け方、病室で倫子が目覚めると、大好きな高史の顔が見えた。高史は椅子から立ち上がると、近づいてきて「倫子」と名前を呼んだ。

まだ上手く焦点の合わない目で、倫子は見覚えのない白い部屋を見回した。気づくとベッドに横たわっていて、首には包帯が巻かれていた。

「ここは……病院ですか？」

「そうだ」

「どうして、私……」

「覚えてないか？　気絶したこと。Kのせいだ」

高史は安心させるように手を握り、静かに答えた。そして二人だけの病室で、倫子の身に起きたことと、その後の一部始終を、時間をかけてゆっくりと話した。

「じゃあ、亮子さんがKだったんですね……」

「そうだ」

高史から説明を受けても、倫子はまだ信じられなかった。あの電話の相手と亮子が上手く重ならなかった。

「それで、亮子さんは今、どこに？」

「わからない。自宅マンションには帰ってないそうだ」

「お父様は？」

こんなときでさえ他人を気づかう倫子に微笑み、高史は「大丈夫。皆がそばにいてくれている。秘書の倉本も呼んだ」と答えた。

高史はそっと手を伸ばし、倫子の額に触れた。

「それより、君こそ、大変な思いをしたな。今日はここで一日ゆっくりしろ。ずっとそばにいるから」

「高史さん……でも……」

「大丈夫。昨日の親子喧嘩はKを欺くための芝居だ。父も君との結婚を許してくれた。もし君が嫌でなければだが……。このまま、俺と結婚してほしい」

「えっ……昨日言ったこと、本気だったんですか？」

昨日、突然されたキスとプロポーズを思い出し、倫子は顔を赤らめた。

「嘘だと思ったのか？　あれは芝居じゃない。俺の本心だ」

そう言って高史は、倫子の額に置いた手を滑らせて、彼女の頬に添えた。高史の顔が近づいてくると、倫子は静かに目をつぶり、二度目のキスを受け入れた。

「あの女のしたことは許しがたいが、君に出会わせてくれたことだけは感謝してる。倫子……君は俺が嫌いか？」

「いいえ……」

そう答えただけで、倫子の目に涙が滲む。

「じゃあ、好きか？」

「はい……」

「結婚してもいいくらいに？」

「……はい」

嘘がつけず、倫子は正直に答えた。

「高史さん以外の人と、結婚したくありません。あなた以上に好きな人なんて、世界のどこにも存在しません」

　ずっと言いたくて言えなかった言葉を口にし、倫子は大粒の涙を流した。

「そうか。それを聞いて安心した。まだ、解決しなければならないことは残っているが、片づけた先に君との未来があると思えば、俺はなんだってやれる気がしてる」

　高史は心底嬉しそうな笑顔を見せ、倫子の濡れた頬にそっと口づけた。そして、優しく倫子の頭を撫でた。

「とりあえず君は休め。まだ薬が効いているはずだ。君が目を覚ますまで、俺はここにいるから」

「高史さん……」

　高史の言うとおり、倫子は薬のせいでまだぼんやりしていた。だから、自分が病院にいることも、高史が口にした愛の言葉も、どこか夢の中の出来事のように思えた。

　高史に「おやすみ」と言われて、倫子は大人しく目を閉じた。すぐに白く深い霧が意識を覆い、倫子はまた眠りに落ちていった。


　医者と高史の勧めで、結局、倫子は三日間入院した。その間に首の痣はほぼ消えて、体調もすっかり回復した。

　病院には高史しか来なかった。というか、美月や啓子も見舞いに来たがったが、それを倫子が遠慮したのだ。

この程度のことで、会いに来てもらうのは忍びなかったし、大ごとになってしまった以上、自分が上石家に来た本当の理由も聞かされていることだろう。どんな言い訳をしても、騙していたことに違いはなく、どんな反応をされるのか怖かった。

だから、退院を明日に控え、倫子は憂鬱《ゆううつ》だった。平日のため、高史は会社に行っていて、病室には倫子しかいない。花井総合病院の特別室は、昔、母親が入院していた大部屋の病室とは大違いで、どこかの一流ホテルを思わせる作りだった。

リクライニング式のベッドは木枠のヘッドボードが付き、備え付けの棚も、テーブルも、すべてが重厚で高級感があった。部屋の隅には立派な応接セットまであって、倫子はいまさらながら、上石家の財力と地位を見せつけられた気がした。このまま高史と結婚していいものか、不安がないかと言えば嘘になる。

できれば、結婚する前に父親に会いたいと倫子は思っていた。上石家の人間になってしまえば、父親の現在の状況によっては会いづらくなってしまうかもしれないし、もし叶うならば、結婚の報告をしてあげたいと思った。

ただ、現実には手がかりすらなかった。高史が久雄に確認してくれたが、そういう名前の人物に心当たりはないとのことだった。久雄が父に借金を背負わせたという話は亮子の作り話だったのだろう。その亮子は行方知れずのため、今となっては確かめることもできない。

あれこれ考えていると、一巡してまた同じ考えが頭をもたげてくる。やはり高史と自分では身分が違いすぎるのではないかという思いだ。

いずれ上石食品の社長の座に着く高史が、自分のような親のいない貧しい家庭で育った娘と結婚して、得るものなど何もないように思えた。結婚式の出席者にしても、自分の人脈の中で最高のメンバーを集めたとしても、上石家と釣り合いが取れるわけがなかった。

母親の死を乗り越えたことで、高史本来の社交性が発揮されたなら、家柄、学歴、容姿ともに申し分のない素敵な女性と出会う機会も劇的に増えていくことだろう。

どこから、どのルートで考え始めても、行き着く先は決まって〝自分は高史にふさわしくない〟という行き止まりの未来だった。

倫子は、高史が何より欲しているのは心の安らぎであり、それを与えられるのは自分しかいないことに気づいていなかった。

そんな物思いにふけっていると、ノックの音がし、看護師が病室に入って来た。

「検温に参りました」

ピンクのナース服に身を包んだその看護師は、ファイルとボードを脇に抱え、倫子のベッドに近づいた。倫子が上半身を起こそうとすると、突然倫子の喉元に細身のメスを当てて、空いている手で肩を押さえつけた。

「動かないで、立脇さん」

「なっ……」

倫子は驚いて、看護師の顔を見た。亮子だった。

「こんにちは。お元気？」

「亮子さん……！」

倫子が声を発した途端、亮子は鋭い刃先を喉元に押しつけた。

「声を出さないで。大人しくしてたら、危害は加えないわ」

倫子が目でうなずくと、「いい子ね」と亮子はニッコリ微笑んだ。

「残念ながら、私の計画は失敗したわ。全部あなたのせいね。まさか高史に計画をばらすなんて、思いもしなかったわ。意外に勇気があるのね、あなた」

「……」

「高史のことが好きだったんでしょ？　計画をばらして、嫌われるとは思わなかったの？」

「……思いましたけど、嘘をついていることのほうがつらくなったんです」

「ふーん……。あなたって、根っからのいい子ちゃんなのね。残念だわ。もっと計算高いズルい女だったなら、私の勝ちだったのに」

倫子が黙り込むと、亮子は「ああ、ごめんなさい。愚痴を言いに来たわけじゃないの」と、思い出したように言った。

「あなたには、むしろ悪いことをしたと思っているのよ。本当よ。利用したけど、恨みはないの。だからね、これはせめてものお詫び」

そう言って亮子は、胸ポケットから一枚の紙片を取り出した。そこには大阪のとある場所の住所と、見知らぬ男性の名前が書かれていた。

「その人に会ってみたら、お父さんのことがわかるわ。お父さんが亡くなったとき、そばにいた人なの」

倫子は驚いて、亮子の顔をまじまじと見た。

「父は、本当に亡くなったんですか？」

「ええ。残念だけどね」

「この方は父の友人ですか？」

「そうよ」

受け取ったメモに書かれた住所と、土井実《どいみのる》という名前を、倫子はじっと見つめた。

「社長は父のことを、何もご存知ありませんでした」

「そうでしょうね。あなたのお父さんをだましたのはまったく別の男だもの」

「私を騙したんですね」

「そうよ。ごめんなさいね。利用するために仕方なかったの」

亮子は笑顔を見せ、悪びれることなく言った。

「じゃあね。用は済んだわ。もう二度と会うこともないわね」

メスをポケットにしまい、立ち去ろうとした亮子の背中に向かって、倫子は慌てて聞いた。

「亮子さんは、これからどうされるんですか？　もう上石の家には、戻らないんですか？」

「当たり前でしょ。あんな家、二度と戻りたくないわ。夫には、もう離婚届を送っておいたの。これまでにもらったお金で、ハワイに別荘でも買うわ」

「そうですか……。あの、もう一つ教えてもらえますか」

「なぁに、質問が多いわね」

そう言いながら、亮子はベッドのそばまで戻ってきて、面倒そうに「何？」と聞いた。

倫子はためらいながらも、「あの家で私を働かせたのは、私が貴子夫人に似ていたからですか？」と単刀直入にたずねた。

亮子は少し驚いた顔をして、「知ってたの？」とたずね返した。

「いえ。なんとなく、そうかなぁって……」

「へぇ。勘がいいのね」

亮子は笑顔を引っ込めて、「それについては本当に悪いと思ってるわ。けれどあの兄弟に近づくには、あなたの見た目はとても都合がよかったの」と答えた。

「白い服を禁止したのも、それが理由ですか?」

「そうよ。彼女は白を好んで着てた。あなたが似た格好をすれば、あの兄弟はきっと母親と重ねてしまう。それは逆効果になると思ったのよ」

「そもそもどこで私のことを?」

「私はね、UPマートができるたび、潰れた周辺の店について調べたの。協力者を探すためにね。そして、田淵のこともひそかに見張ってた。山口にUPマートができてすぐ、田淵はあなたの元婚約者の店に行って、案の定、難癖をつけていた。私はそこで大川悟とあなたを見たの。嫌がらせに負けず懸命に働く彼と、彼のそばに寄り添うあなたを見て、昔の自分を思い出したわ」

「そんなときから、ずっと……」

「そうよ。同時にね、あなたが貴子夫人に似ていて驚いたの。それから、ずっとあなたを監視してた。きっと、自分と同じ運命をたどると思ってね。……まあ、最後は当てが外れちゃったけど」

あの頃、標的にされていたとも知らずに浮かれていた自分が無性に腹立たしくて、倫子はうつむき、黙り込んだ。

「私がこんなことを言えた義理じゃないのわかってるけど、こうなった以上、あなたには幸せになってほしいと思ってるの」

そう前置きして、亮子はたずねた。

「で、長男にプロポーズされたのは本当なんでしょ？　受けるの？」

「……わかりません」

「言っておくけど、あんたが貴子夫人に似ているのは顔立ちだけよ。ほかは全然似てないから」

似てないからあきらめろと言っているのか、それとも似てないから安心しろと言っているのか、よくわからない亮子の言葉に、倫子はなんだか可笑しさが込み上げてきた。

「でも、亮子さんも、貴子夫人とは面識がないんでしょ？」

「ないけど、違うのはわかるわ。あなたは意外に強いもの」

「ありがとうございます」

倫子は真っすぐに亮子を見た。

「ねぇ、亮子さん」

「何、まだあるの？」

「あの日、亮子さんは、本当に社長を殺すつもりだったんですか？」

首を絞められたり、メスを突きつけられたりもしたのに、今なお、倫子には、どうしても亮子が悪人には思えなかった。

亮子は長いまつ毛の下から、冷めた視線を倫子に送った。

「やぁね。当たり前じゃない」

その言葉とは裏腹に、亮子の笑みはとてもすっきりしているように倫子には見えた。


八月三十一日、水曜日。

倫子は退院し、上石家に戻って来た。

啓子、富三、美月、暁也はもちろん、久雄までもが倫子の退院を祝ってくれた。

夕食は、倫子が以前絶賛した啓子の五目稲荷とハモの吸い物が用意され、美月は有名店のケーキを買ってきてくれた。

そのとき初めて倫子は、〝K〟つまり亮子の計画に倫子が関わっていたことを、誰も知らないことに気づいた。倫子の入院は、トイレに行こうとしたところ、たまたま亮子が久雄を襲いに行くところに出くわしてしまい、襲われたことになっていた。久雄と高史がそういうことにしておいてくれたのだ。

安堵しつつも、どこかで良心の呵責《かしゃく》を覚えながら、倫子はみんなとの、賑やかで和気あいあいとした時間を素直に楽しんだ。

宴の時間が終わり、まもなく日付が変わる頃、高史の部屋のドアが小さくノックされた。その音に高史は振り向いた。出てみると、倫子がそこに立っていた。

風呂上がりらしく、長い髪が微かに湿り、上気した肌が桜色に染まっていた。半袖にハーフパンツという寝る前の格好で、倫子は「入ってもいいですか」とたずねた。

「ああ、もちろん……」

戸惑いつつも、高史は倫子を中に招き入れた。

「お仕事の途中でした？」

机の上に広げられた書類の束を見て倫子がたずねると、高史は慌てて掛けていた眼鏡を外し、「いや、急ぎの仕事ではない。君との時間のほうが大切だ」と言った。

その言葉に、倫子は嬉しそうな笑顔を見せた。

「以前の高史さんからは考えられない台詞ですね。覚えてます？　俺に構うなって、私に文句を言ったこと」

痛いところを突かれて、高史は口をへの字に曲げた。都合が悪いと沈黙する癖のある高史を、倫子は可愛い悪戯《いたずら》っ子を見る目で見つめた。

「拗ねないでください。全然気にしてません。あれは高史さんなりの、他人を寄せつけないためのポーズだったんでしょ？」

部屋の中央に立つ高史の腰に、倫子はそっと両腕を回した。

「ずっと、そうやって他人を遠ざけて、必要な会話しか交わさなくて、寂しくなかったんですか?」

「別に……。初めから一人なら、一人の寂しさなど感じようがないだろ」

「……そうですね」

倫子は高史にそっと抱きついた。湯上りの倫子の身体は温かで石鹸《せっけん》の香りがした。気がつくと、高史も無意識に倫子の背中に腕を回していた。

「昨日、亮子さんが病室に来ました」

「何?」

「利用して悪かったと、謝ってくれました」

「それだけか? 何もされなかったのか?」

「はい」

倫子は顔を上げ、真剣な表情で自分を見つめる高史と視線を重ねた。

「父を騙したのは、上石社長ではありませんでした」

「えっ?」

「亮子さんがそう言いました。私を計画に引き込むためについた嘘だと」

「……」

「もう父は亡くなっているそうです。大阪に父の友人がいるらしくて、その人に聞けば、詳しいことがわかるかもしれません」

「そうか……大丈夫か？」

安堵と同情の入り交じった目で、高史は腕の中の倫子を見つめた。

「はい……。もともと、赤ん坊の頃に別れて顔も知らない父ですから、亡くなっていたと聞いてもショックはありません。それよりも、上石社長が無関係だったと聞いてホッとしてます」

「俺もホッとしている。親父が君の仇でなくてよかった」

高史は倫子を抱きしめる腕に力を込めた。

「覚えてますか？」

「え？」

「前に言いましたよね。〝その気のない女性を抱くようなことはしない〟って」

「ああ、言ったな……。じゃあ、もう俺はなんの気兼ねもなく、君を抱いていいんだな？」

小さく笑いながら倫子は「はい」と答えた。

倫子は眼鏡を外して素顔に戻ると、高史の胸に頬を寄せた。そのまま二人は、無言で見つめ合った。

互いの身体に腕を回したまま、短く唇を重ねた。そしてまた見つめ合い、もう一度唇を重ねた。今度はもっと深く長く重なり合い、唇と唇の間からもれる熱い吐息と淫靡《いんび》な音が二人の思考を奪っていく。

長いキスを何度も繰り返し、寝室に繋がるドアの横の壁に、高史が倫子の身体を押しつけた。そして、キスを続けたまま、ドアを開けて寝室に入る。

高史のキスに倫子はじりじりと後ずさりし、ベッドの端に脚が当たったと同時に、二人で崩れるようにベッドになだれ込んだ。

「高史……さん……」

唇に、まぶたに、首筋に、熱いキスの洗礼を受けながら、倫子は夢中で高史を求めた。シャツを脱がせ合い、むき出しの肌に唇を当てる。触れ合った箇所から新たな熱が生まれ、その熱がいっそう欲情をかき立てる。

薄暗い闇に覆われた部屋の中に、二人の口からもれる荒い息と、ベッドのきしむ音だけが微かに響く。

気がつくと倫子は泣いていた。泣きながら高史に、重ねてきた想いを訴える。

「好きです。あなたが、大好き……」

「俺も、君が好きだ」

肌を重ねて寄り添いながら、高史は倫子の頬に右手を添えた。これまで見たことがないほど優しく、慈しみに満ちた瞳で、高史は倫子を見つめた。

「愛してる……倫子」

その響きは甘い余韻を伴って、倫子の胸に染みわたった。自分は一生、この声と言葉を忘れない……倫子はそう誓った。

「私も、愛してます。心から……あなたが好き……」

おそらく何度口にしても、何度言葉にしても足りないほど、倫子は高史を求めていた。

それは高史も同じで、身体の奥から突き上げる衝動に、抗うことなどできなかった。

ついに二人は繋がると、高史の力強い情動と激しい動きが、倫子に甘い痛みと身体の奥から熱くなるような疼《うず》きを与える。

これまで感じたことのない快感の波に倫子は翻弄され、我を忘れて何度も高史の名を呼んだ。それはこのうえなく心地良く、泣けるほど幸福な瞬間だった。

夜明け近くまで、二人は互いを求め合い、幾度となく愛し合った。

そして翌朝——。

倫子は上石家から消えた。

ベッド脇のテーブルの上に、高史宛ての手紙が置かれていた。倫子があらかじめしたためていたものだった。

白地に花の透かしが入った女性らしい便箋に、倫子らしい丁寧な文字で想いが綴《つづ》られていた。

高史さんへ

いきなりいなくなった私のことを、さぞ怒っていることでしょう。

だけど、私はこの家に来たときから、こうすることを決めていました。

私は、ここにいてはいけない人間です。

どんな理由があったとしても、私があなたやあなたのご家族を騙していたことに変わりはありません。

それをあなたが許しても、私自身が私を許せないのです。

判断を間違えていれば、大変な不幸が起こっていました。

それを瀬戸際で食い止めたのは、あなたであって、私の力ではありません。

私はただ自暴自棄にKの計画に乗り、Kの策略どおり、あなたたちに近づきました。

そういう、愚かで、つまらない人間なんです。

とても、あなたに愛される、ましてあなたの妻になれる人間ではありません。

あなたはとても強く、賢い人です。

あなたと出会えて、私はこれまでの自分の弱さ、ずるさに気づくことができました。

あなたと出会っていなければ、私はずっと卑怯で、弱い人間のままだったでしょう。

これからはもう少し自分を誇れる人間でありたい、そう努めたいと思いました。

どうか高史さん。私のことなんて忘れて、これから素晴らしい人と出会い、あなたにふさわしい幸せな家庭を築いてください。

今まで本当にありがとうございました。

あなたのこと、忘れません。お元気で。

倫子

書き置きを残して上石家を出た倫子は、ボストンバッグに必要最低限の物だけを詰め込んで大阪へ向かった。部屋に残した荷物は兄宛てに送ってもらうように、啓子に書き置きとお金を残してきた。


大阪に行く目的は、亮子に父親の友人だと教えられた〝土井実〟に会うためだ。

しかし、メモに書かれていた住所に到着すると、倫子は立ち尽くした。そこはＪＲの駅近くの大きな公園だったからだ。


騙された……と倫子は思った。最後まで悪人には見えなかったが、してきたことを考えれば、すべてが嘘で塗り固められていたような女だ。利用しようとして失敗した相手のために、わざわざ本気で骨を折るはずがない。まんまと〝Ｋの策略〟にひっかかった自分に、倫子は大きな溜め息をこぼした。

「あーあ、私って、ホント馬鹿……」

倫子は住所と名前が書かれたメモを握り潰し、腹立ち紛れにベンチ脇のごみ箱に向かって放り投げた。けれども、横にそれてしまい、ごみ箱脇の芝生に落ちた。思わず倫子はため息をついた。

まるでその紙屑《かみくず》は自分の人生そのもののように思えた。ゴールを目指して空を飛び、あらぬ方向に着地する。

そんなことを考えながら、倫子は着地地点を誤った紙屑を拾い、そのまま手にしてベンチに戻った。たった今、紙屑を人生に見立てたせいで、なんだか捨てられなくなってしまったのだ。

倫子はベンチに腰を下ろすと、紙屑を膝の上に広げ、丁寧にシワを伸ばした。

「土井……実？」

いきなり背後から声がして、振り返った倫子は悲鳴を上げた。いつの間に近寄って来たのか、公園を寝床にしているホームレスが、ベンチの後ろから顔をのぞかせていた。

その国籍すら不明の浅黒い肌のホームレスは、倫子が立ち上がった拍子に、ひらひらと宙を舞ったメモを器用に捕まえたかと思うと、そこに書かれた文字をじっと見ている。

「あ、あの……」

「あんた、土井ちゃん探してるの？」

「え？」

「土井ちゃんなら、今はここにいないよ」

「はぁ……」

「土井ちゃんはね、今、NPO法人の事務所で働いてるよ。元ホームレスから支援する側に回ったの。もともと頭のいい人だったからね。その事務所の住所、教えようか？」

「あ、はい……」

教えてもらったビルを訪ねると、親切なホームレスの言葉どおり、NPO法人の名を掲げた事務所があった。

ドアから顔をのぞかせ、「土井さんという方はいらっしゃいますか？」とたずねると、声をかけた相手が土井だった。

年の頃は六十くらい。しかし、頭髪はまだ黒々としていて、格好もポロシャツにスラックス姿で、半年前までホームレスをしていたとは思えない普通の紳士だった。

倫子が父親の名前を告げると、土井は「ああ、島田さんの……そうか、君が倫子ちゃんか」と言って、懐かしむような目で倫子を見た。

土井は倫子を近くのカフェに誘い、島田則倫との思い出を語ってくれた。倫子にとってショックな話だったが、借金取りから逃げ続けた末、父親はホームレスになっていた。いろいろな土地を転々とし、最後に流れ着いたのが大阪だったらしい。

「僕が出会ったときは、もうすっかり身体が弱っててね。いつも、つらそうに咳をしてた。でも、すごくいい人で、みんなに慕われてたよ」

「そうですか……」

倫子は言いようのない複雑な気持ちで、土井の話を聞いていた。

父の則倫が亡くなったのは、ちょうど母が亡くなった頃のようだった。

ホームレスとして死んだ父は無縁仏として埋葬されたため、遺骨を手に入れる術《すべ》はもうないという。

どうしようもなかったことだが、倫子は父親が不憫でならなかった。墓参りすらしてあげることができない。

倫子が寂しそうな目をしていると、土井は穏やかに微笑んで、自分の財布を取り出し、写真を一枚取り出した。

「これ、君のお父さんの私物」

「これは……」

看護師に撮影してもらったものだろうか。それは、父と母と兄と、生まれたばかりの自分が映った産院での家族写真だった。

「宝物だって言ってたよ」

倫子は写真に映る男性の顔をじっと見つめた。初めて見る父親の顔は驚くほど今の兄に似ていて、柔和で穏やかな笑みを浮かべていた。

写真の裏には撮影された日付が記されていた。おそらく父親の字だろう。

〝一九九〇年十二月二十四日／新しい家族誕生〟

「お父さん……」

その瞬間、倫子の目から涙がこぼれた。紛れもなくそこには、家族を愛する父の心が刻まれていた。

私、愛されていたんだ……。ちゃんと愛されて、望まれて、生まれてきたんだ……。

倫子は写真を大事に手にしたまま、その場でしばらく嗚咽《おえつ》した。倫子の涙が枯れるまで、土井は黙って見守った。

別れ間際、何度も礼を言う倫子に、土井は言った。

「島田さん、娘さんが会いに来てくれて、きっと喜んでるよ。僕もその写真を君に返せて、肩の荷が下りたよ。これでいつでも、家族に会いに行ける」

震災で家も家族も失ったという土井は、そう言って柔らかな笑みを浮かべた。倫子はその秋空のような晴れやかな笑顔を見て思った。

いつか私も、彼のように笑える日が来るだろうか。

いつの日か……。

エピローグ

川沿いの公園は、春色に染まっていた。川べりの道に沿うように植えられた桜の木から、無数の桜の花びらが舞い落ちる。三重子《みえこ》の真っ白な頭の上にも、ピンクの花びらが落ちて、倫子はそれを指先で摘んで取った。

「八田《はった》さん」

車椅子に座る老婦人に倫子は声をかけ、その花びらを見せた。

「あら」

倫子から花びらを受け取り、三重子は楽しげに目を細めた。

「こんな所まで飛んで来たのね」

倫子は「ええ」とうなずき、青空に映えるピンク色の木々を見つめた。

「桜も、まもなく終わりですね。ついこの間、つぼみがついたと思ったのに……」

「そうね」

穏やかな笑顔でうなずき、三重子も遠い空を見つめた。

倫子が今、住み込みで働いているのが、この三重子が暮らす八田家だった。兄の大学時代の恩師で、元大学教授の三重子は夫に先立たれ、息子夫婦と暮らしていた。

しかし、息子夫婦もそれぞれ仕事を持ち、去年から車椅子生活になった母親を、住み込みで面倒を見てくれる人を探していた。

倫子が八田家で働き始めてもうすぐ半年が経つが、真面目で丁寧な仕事ぶりに、三重子も、息子夫妻も満足してくれていた。

「ちょっと冷えてきましたね。戻りましょうか」

三重子に声をかけ、倫子は公園の出口に向かうと、車椅子の方向を変えた。

ハンドルを握ってゆっくり押していると、前方からスーツ姿の男性が歩いてくるのが見えた。

その人影を目にした途端、倫子は歩みを止めた。

「どうしたの？」

三重子が振り向くと、倫子は目を見開いて正面を見つめていた。

三重子もその視線の先を追って、公園の入り口の方に目を向けた。すると、仕立てのよいスーツを着たスラリと背の高い男性がこちらへ真っすぐ向かって来るのが見えた。

「嘘……」

倫子の口から、小さな声がもれる。高史は大股で二人に近づき、開口一番、怒鳴った。

「これは何だ！」

そう言って高史が突きつけたのは、倫子が彼に宛てたあの置き手紙だった。

「高史さん……」

倫子は目の前の光景が現実のことと思えなかった。

「君はいったい何を考えているんだ！　こんな手紙を残して黙って消えて、それで俺が納得するとでも思ったのか‼」

「そ、それは……」

「だいたい君が俺にふさわしいかどうかなんて、君の決めることじゃない。問題は、俺が君にふさわしいかどうかだ。答えろ！　俺は君にふさわしくないのか？　俺よりもっといい男がいるというなら、潔くあきらめよう。どうなんだ？　いるのか、いないのか？」

「ちょ、ちょっと待って。いきなりそんな……」

「君はこの質問に答える義務がある。言え！　俺より好きな男がいるのか？　俺よりもっといい男と結婚するつもりなのか？」

「しないわよ！」

車椅子から手を離し、倫子は怒鳴るように言った。

「あなたほどいい男なんて、世界中探したってどこにもいないわよ！　だから、あなたに私はふさわしくないって言ったんでしょ！」

「だから、それを決めるのは君じゃない。俺だ！」

車椅子に乗った自分を挟み、いきなり痴話喧嘩を始めた二人を、三重子はポカンと眺めていた。

これまで大声など出したことのない大人しく物静かな倫子が、顔を真っ赤にして怒鳴っている。けれども三重子は、その長い人生経験から、二人の間に〝憎しみ〟がないことを感じ取っていた。

二人の結末を予想した三重子は、事の成り行きを黙って見守ることにした。

「そのうち戻って来るかと思いきや、勝手に山口に帰って再就職までして、俺がどれだけ君を探したと思ってるんだ？　ふざけるのも大概にしろ！」

「ふざけてなんかない！　私はもう戻らないって決めたんだから」

「なぜだ？　俺を好きだと言ったのは嘘だったのか？」

「嘘じゃない。嘘じゃないけど……」

倫子は拳を握りしめ、「あなたがいいと言っても、私がダメなのよ！」と叫んだ。

「いつかきっと、あなたは私に幻滅する。私はあなたが思うような女じゃない。わがままで、欲深で、利己的な最低女なのよ！」

「じゃあ、それでいい！」高史も負けじと、怒鳴り返した。「わがままで、欲深で、最低な君でいい。どんな君でも構わないから、俺のそばにいろ！」

「なっ……」

予期せぬ言葉に倫子が返事に詰まると、高史は「見ろ！」と言って、一枚の紙を突きつけた。それは年明けに行われた、健康診断の結果だった。

「一時は担当医が驚くほど数値の良かった検査結果が、君がいなくなった途端、これだ！　君は俺を殺す気か？　それが好きな男に対する仕打ちか？」

「なん……でも、だって、私は……」

「もし俺をだまして申し訳ないと思ってるなら責任を取れ！　これから一生、俺の飯を作れ！」

「でも、でも……」

「言い訳は聞かない！　わがままも言わせない！　これは命令だ！」

「でも、だって……」

いつの間にか、倫子は泣き出していた。思考と感情が入り乱れて、もう何一つ言葉が見つからなかった。

「だって、私は何もない女なのに……。あなたに何もしてあげられないし、なんの価値もない……」

「それは違うわ、倫子さん」

「え」

それまで黙って二人のやり取りを聞いていた三重子が、初めて口を開いた。若い二人の視線を受けて、彼女はにっこりと笑った。

「人間の価値は物質的なものだけでは計れないものよ。自分は無価値だと思っても、必要としてくれる人がいる限り、いいえ、たとえいなくても、人にはそれぞれ大きな価値があるの」

「八田さん……」

濡れた頬をぬぐうことも忘れ、倫子は人生の大先輩の顔を見つめた。

「あなたに価値がないなら、私なんてどうなのかしら？　車椅子がないと移動すらできないし、自分の身の周りの世話もできない」

「ごめんなさい。私は決してそんなつもりじゃ……」

「ええ、そうね。わかってるわ。それに私は自分の命の価値を知っている。だから毎日、前向きに生きてる。だから倫子さん、あなたにも自分の価値を知ってほしい。あなたを懸命に探して会いに来てくれる人がいるのなら、その人の気持ちに応えてあげてほしい」

「……」

三重子の言葉に、倫子は改めて高史に向き直った。

「本当に……私でいいんですか？」

「くどい。君でいいんじゃない。君がいいんだ。君でないと意味がない」

静かに、だが、きっぱりとそう言って、高史は倫子の両肩を掴んだ。

「君こそ、俺でいいのか？　みんな言ってるぞ。俺が偏屈で、扱いづらくて、冷たい男だから、君が俺に愛想を尽かして出て行ったんだと」

おそらく啓子や美月に、散々責められたのだろう。倫子は高史の言葉に噴き出し、ようやく笑顔を見せた。

その笑顔に高史も笑みを見せた。そして倫子の身体を強く引き寄せ、そのまま腕の中に封じ込めた。

突然の抱擁に固まる倫子の耳元で、高史が優しく囁いた。

「倫子。俺と結婚してくれ。いや、してください」

「高史さん……」

新たな涙を浮かべて、倫子は高史の背中に腕を回した。

優しい風が二人を撫で、ピンクの花弁が空を舞う中、倫子は精いっぱいの勇気を出して答えた。

「はい。喜んで」

END

この作品は小説投稿サイト・エブリスタに投稿された作品を加筆・修正したものです。

エブリスタでは毎日たくさんの物語が執筆・投稿されています。(http://estar.jp)

フェアリーテイルは突然に

発行――――●二〇一七年四月二十五日　初版第一刷

著者――――●咲香田衣織
発行者―――●須藤幸太郎
発行所―――◉株式会社三交社
〒一一〇―〇〇一六
東京都台東区台東四―二〇―九
大仙柴田ビル二階
TEL　〇三（五八二六）四四二四
FAX　〇三（五八二六）四四二五
URL：www.sanko-sha.com

本文組版――●softmachine
印刷・製本――●シナノ書籍印刷株式会社
装丁――――●ヤマムラユウイチ（CYKLU）

Printed in Japan

ISBN 978-4-87919-282-0

エブリスタWOMAN

EW-028

妊カツ

山本モネ

大学時代の同級生二人がひょんなことから再会を果たす。ともに35歳独身。性格は違うが共通する悩みは迫りつつある妊娠・出産のリミット。恋を取って、子供をあきらめるか。恋を捨てて、子供をとるか。究極の選択に二人が出した答えは⁉

EW-029

狂愛輪舞曲

中島梨里緒

過去の苦しみから逃れるために行きずりの男に抱かれ、まるで自分へ罰を与えるように地獄の日々を過ごす高野奈緒。そんな彼女が、かつて身体の関係を結んだ男と再会する。複雑に絡み合う人間模様。奈緒の止まっていた時間が静かに動き始める。

EW-030

もっと、ずっと、ねえ。

橘いろか

ひかるには十年会っていない兄のように慕っていた七歳年上の幼馴染みがいる。そんな二人がひかるの就職を機に再開したが……。少女の頃の思い出が温かすぎて、それぞれの想いに素直になれない、もどかしい恋物語。

EW-031

マテリアルガール

尾原おはこ

小川真白、28歳。過去の苦い恋愛経験から信じるのはお金だけ。愛の言葉をささやかれても、いい思いをさせてくれない男とは付き合わない。そんな彼女の前に、最高ランクの男が二人現れる。一方で、過去の男たちとの再会に心が揺さぶられ、自分を見失いそうになるが……。

EW-032

B型男子ってどうですか?

北川双葉

凛子は隣に引っ越してきた年下の美形男子が気になり始めるが、苦手なB型だとわかる。そんな折、年上の紳士(O型)と出会い、付き合ってほしいと告白される──。B型アレルギーだと信じ込むばかりに、本当の気持ちになかなか気づくことができない凛子。血液型の相性はいかに⁉

エブリスタWOMAN

EW-033

札幌ラブストーリー

きたみ まゆ

タウン情報誌の編集者をしている由依は、就職して以来、仕事一筋で恋はご無沙汰。そんな仕事バカの彼女がひょんなことから、無愛想な同僚に恋心を抱いてしまう。でも、その男には別の女の影が……。28歳、不器用な女。7年ぶりの恋の行方はいかに!?

EW-034

嘘もホントも

橘いろか

地元長野で派遣社員として働く香乃子は、ひょんなことから、横浜本社の社長秘書に抜擢される。異例の人事に社内では「社長の愛人」とささやかれ、秘書室内での嫌がらせは日常茶飯事。そんな逆風の中、働きぶりが認められ、正社員への道が開かれるが……。過去と嘘と真実が交わる中、香乃子の心が行きつく果ては?

EW-035

優しい嘘

白石さよ

瀧沢里英は、上司の勧めで社内一のエリート・黒木裕一と見合いをした。それは元恋人、桐谷寧史にフラれたことへの当て付けだったが、その場で黒木はいきなり結婚宣言をする。婚礼準備が進むなか、里英の気持ちは次第に黒木に傾いていく。しかし一方で、彼女はこの結婚の背後に隠された〝秘密〟に気づき始める。

EW-036

ウェディングベルが鳴る前に

水守恵蓮

一ノ瀬茜は同じ銀行に勤める保科鳴海と結婚した。しかしハネムーンでの初夜、鳴海の元恋人が突然二人の部屋に飛び込んできて大騒動になる。鳴海は彼女を送っていくと言ったまま、その夜帰ってこなかった。激高した茜は翌日ひとりで帰国の途に就き鳴海に離婚届を突きつけるが……。

EW-037

なみだ金魚

橘いろか

美香子と学は互いに惹かれ合うが、美香子は自身の生まれ育った境遇から学に想いを伝えることができない。一方、学は居心地のよさを感じ、ふらりと美香子のアパートを訪れるようになった。そんな曖昧な関係が続き二年の月日が流れた頃、運命の歯車が静かに動き始める……。

エブリスタWOMAN

EW-038

TWINSOULS《ツインソウル》

中島梨里緒

遥香は別れた同僚の男と身体だけの関係を続けている。ある日、帰宅途中の遥香の車が脱輪しているところを、偶然通りかかったトラックドライバーが助けてくれた。お礼も受け取らずに立ち去ったドライバーのことが気になっていた矢先、遥香の働く会社に彼が現れる。この再会は運命か、それとも……。

EW-039

Lovey-Dovey 症候群《シンドローム》

ゴトウユカコ

高梨涼は不倫相手に「妻と別れることができなくなった」と告げられる。自暴自棄に陥った涼は泥酔の果て、立ち寄ったライブハウスで少年のようなヴォーカルの歌声に魅了された。翌朝、隣には昨夜の少年が裸で眠っていた——。恋に仕事に揺れ動く26歳と心に傷を負った18歳の年の差の恋が、今、始まる。

EW-040

バタフライプリンセス

深水千世

大学生の田村遼は男らしい性格のせいで彼氏に振られて酔いつぶれてしまう。そんな遼を助けてくれたのは、Ｂａｒ『ロータス』のバーテンダー・信幸だった。変わりたいと思い、ロータスでアルバイトを始めた遼だが……。素直になれない【さなぎ】は蝶のように羽ばたくことができるのか⁉

EW-041

雪華 ～君に降り積む雪になる

白石さよ

控えめな性格の結子は大学で社交的な香穂と出会い仲良くなったが、二人とも同級生の篤史を好きになってしまう。結子は気持ちを明かすことができず、香穂と篤史が付き合うことになり、結子の恋はそこで終わった。だが、香穂の死が結子と篤史を繋げてしまう。二人のたどり着く先は——？

EW-042

再愛 ～再会した彼～

里美けい

白河葉瑠は高校の時、笑顔が素敵で誰からも好かれる楢崎怜斗に恋をした。奇跡的に告白が実ったが、大学に進学したある日、彼から一方的に別れを告げられた。それから八年、心の傷を癒せないままの葉瑠が異動した先で再会した怜斗は、無愛想で女嫌いな冷徹エースへと変貌していた——。

エブリスタWOMAN

EW-043

となりのふたり

橘いろか

法律事務所で事務員をしている26歳の霧島美織のそばに今いるのは、同じ事務所で働く弁護士の平岡彰と名前も知らないパン屋の店長。友達は『適齢期の私たちが探すべきなのは【結婚相手】だ』と言うが、美織はパン屋の店長がどうしても気になってしまう。そんな時、平岡に付き合おうと言われ――。

EW-044

見つめてるキミの瞳がせつなくて

芹澤ノエル

札幌でネイルサロンを営む椿莉菜は、29歳の誕生日に四年間付き合っていた彼から別れを告げられる。そんな莉菜の前にファーストキスの相手である年下のイトコ・類が現れ、キスと共に告白をして去っていく。徐々に類に惹かれていく莉菜だったが、ある日類の元カノがやってきて――。

EW-045

もう一度、優しいキスをして

高岡みる

素材メーカーに勤める岡田祥子は、4歳年下の社内の恋人に30歳を目前にしてフラれてしまう。それから2年、失恋から立ち直れずに日々を過ごしていた祥子の部署に6歳年下の新井が異動してくる。そして元カレの送別会の帰り、祥子は新井に促され共にラブホテルに入ってしまう――。

EW-046

Once again

蒼井蘭子

藤尾礼子は、大阪の大学で二歳年上の関口遼と恋に落ちる。しかし、彼が大学卒業後、理不尽な別れ方をすることに。27歳になり、東京で働く礼子は同じ会社の柴田久志と婚約をするが、ある日遼が礼子の前に現れる。礼子に変わらぬ愛をぶつける強引な遼。礼子は次第に翻弄されていく……。

EW-047

共葉月メヌエット

青山萌

福岡の老舗百貨店の娘・寿葉月は大学入学を目前に、8歳年上で大会社の御曹司・蓮池共哉と〝政略結婚〟をさせられる。冷徹な共哉に落胆する葉月だったが、一緒に生活をしていく中で共哉のさりげない優しさを知り、自分の気持ちの変化に気づく。一方、共哉の態度も次第に柔和になっていくが……。

エブリスタWOMAN

EW-048

さよならの代わりに

白石さよ

大手電機メーカーで働く29歳の江藤奈都は、同じ職場の上司・東条に失恋をし、バーで知り合った皆川佑人と朝まで過ごしてしまう。彼の素性を知ることなく別れたが、数日後、人事コンサルタントとして奈都の会社に出向してきた皆川と再会。彼の提案で、期間限定で恋人同士になる契約をする——。

EW-049

この距離に触れるとき

橘いろか

30歳の小柳芹香は、二歳年下の幼馴染・永友碧斗が社長を務める名古屋の飲食店運営会社で社長秘書として働いている。芹香はヒモ同然だった年下彼氏と別れ、ある事情から碧斗のマンションで同居生活をすることに。そんな中、副社長兼総料理長の小野田照青が好意を寄せてくれていることを知る……。

EW-050

Despise

中島梨里緒

岸谷美里は高校卒業時に、堀川陸と十年後地元の千年桜の下で再会するという約束をして、別々の道を選ぶ。それから十年、服飾デザイナーの夢に破れた美里は派遣社員として就職した設計事務所で陸と再会する。夢を叶え一級建築士となっていた陸だが、プライベートは荒んだ男に変貌していた。

EW-051

今宵は誰と、キスをする

滝沢美空

人事部で働く28歳の種村彩は6歳年下の幼なじみ・海老名眞と成り行きで一線を越えてしまう。弟のように思っていた眞との過ちを後悔する彩だったが、眞からは好きだったと告白され、期間限定で恋人として過ごし、恋愛対象にできるか判断してほしいと懇願される。一方、同期でもあり元恋人の甲本敢太からも復縁を迫られ——。

EW-052

毎週木曜日

柚木あい

医薬品の卸会社に勤める27歳の千葉梓は、営業として自社を訪れる同じ大学出身の後輩、杉浦瑞希と誰にも言えない関係を続けている。杉浦に想いを寄せている梓だが、今の関係が壊れるのを恐れて気持ちを伝えられないでいた。そんな折、同じ部署の後輩・西野結菜が杉浦に好意を抱いていることを知る——。